歩けるって
奇跡
なんだな!

脊髄難病で車いすから復活した
元テレビマン12年間の記録

伊藤浩之
ITO Hiroyuki

文芸社

はじめに

若葉薫る病棟の階段をパタパタと忙しく上り下りする看護師や医師たち。師走の暮れ、ダウンコートを着てロビーから地下鉄入口へと急ぐ職員たちの一群。何の変哲もない見慣れた病院のいつもの風景です。

しかし、目に映るこれらの人たちを、心の底から「本当《マジ》、羨ましいなあ……」と思って眺めていたのが車いすに乗った私でした。十二年前の冬、脊髄を患い生死をさまよった私は、下半身のマヒという重い後遺症を抱え長年のリハビリを続けることになりました。

当初、立っていることさえままならない重度のマヒ状態でしたが、セミの鳴き頻《しき》る頃には杖をつきながら退院し、自宅でリハビリ生活が始まりました。職場復帰後は週三回のリハビリとトレーニングジム通い。数か月に一度は脊髄損傷の専門ジムを訪ねて東京まで足を運びました。

少しずつですが効果は年々実感し、おかげさまで現在はいくらかの後遺症を抱えながらもほぼ人並みに歩き、普通に日常生活を送れるまでになりました。

現在六十七歳。前期高齢者の年齢ですが健診や体力測定の数値はまだ徐々に右肩上がりで回復しています。それでも目指す目標は以前のレベル。「もうすっかり健常人ですね」と他人《ひと》から言われても自分では未《いま》だ百パーセント満足とはいかず、「もっと良くなる」と信じて、ジムとリハビリ通いを続けている毎日です。

脊髄の病気やケガは人それぞれで後遺症もケースごとに違いますが、それでも「必ず良くなる」と信じてリハビリを続けることはとても大切です。絶対治るとは誰も言い切れませんが、前向きな強い気持ちを持って努力し続けることは少しずつでも必ず良い結果を生んでくれるはずです。

私の十二年間の共病生活とリハビリ体験を綴ったこの本が同じ脊髄の病気に苦しむ多くの人たちに少しでも役に立てばと思い、定年退職をきっかけに思い切って筆を執りました。

どうか皆さまの人生が無限の治癒力で輝きますように。

目次

【後編】

おもな登場人物

妻（明美・通称アミ）
弟（龍二）
市内の叔母・久子
総合病院の主治医・野口（仮名）
同　理学療法士・森（仮名）
会社の元上司・今中（仮名）
同　先輩・石戸（仮名）
同　部下・健太郎（仮名）
リハビリ病院の主治医・川上（仮名）
同　理学療法士・山本（仮名）
同　作業療法士・松田（仮名）

県立大学教授・田中
広告代理店・水谷
美容師・手島
脊髄専門ジムトレーナー・澤
ジムのトレーナー・栢之間
同　丸井
中学時代の親友・森田
同　深津
中学時代の恩師・福井先生
弟の妻・祐子
甥・潤也
ほか

＊文中の登場人物はプライバシーに配慮して一部仮名にしています。

第一部

第1章　死の淵からの生還

目が覚めたらホントに足が動かない

平成22年（二〇一〇年）12月

気がついたらベッドの上で両手に指のない大きな布製の白い手袋がはめられていました。まるでドラえもん状態。痒《かゆ》くて不自由。不快極まりない。声を出して看護師さんを呼んでいるつもりだが、誰も来てくれない。

「マジか。ひょっとしてオレは虐待されているのでは？　ニュースで時々見る介護施設のアレか？」

朦朧《もうろう》とした中で真剣に不安を感じたのは、意識不明から何日ぶりかで目覚めた、その翌朝のことでした。私は、妻や弟、主治医の先生にまで、病室にやって来る人に手当たり次第、手袋を外してくれと懇願しました。後で聞かされてわかったのですが、実は点滴中に何度も暴れて針を外し血だらけになったため、やむを得ず両手を手袋で保護されていたのでした。私の必死のわがままに、「妻が一晩中寝ずに見守るなら」との条件付きでやっとのことで自由が許されたのでした。

ホッとしたのも束の間、次の瞬間、おかしなことに気づきました。

「足が動かない‼」

「グニャッとして力が入らない。自分の足なのに全く思うように動かせない。一体何が起こっているのだろうか？」

まだ、朦朧としている頭の中で重大な事実に気づきつつ、私はまた眠ってしまいました。

まさか自分が！　予期せぬ緊急入院

そうです。私の病名は「**急《＊きゅう》性《せい》散《さん》在《ざい》性《せい》脳《のう》脊《せき》髄《ずい》炎《えん》**」。

舌を噛むような聞きなれない名前です。脊髄や脳などの神経細胞に炎症が起こる病気で、十万人に一人というかなり珍しい難病だそうです。

病に倒れたいきさつを簡単にお話しします。

二〇一〇年十一月。類いまれな夏の猛暑が記憶の片隅に残る、穏やかな晩秋の時期でした。

当時、私は在名テレビ局の報道スポーツ局というニュース番組やスポーツ番組を制作する部署で管理職として勤務していました。その年はプロ野球やサッカーJリーグの地元チームが相次いで優勝し、超多忙な日々の連続でした。体調も芳しくなく、風邪のような不快な症状が二か月ほど続いていました。スポーツニュースの放送が深夜まで及んだ中日ドラゴンズと名古屋グランパスエイトのビールかけが終わり、ホッとしたある土曜日の朝のことです。ベッドから起き上がり、トイレに向かって一、二歩歩いたところで一瞬意識が遠のき、けたたましい音を立ててフローリングの床にダーンと崩れ落ちました。驚いた妻がすぐにタクシーを呼び、有無を言わさず私を救急病院に連れていきました。

「血圧が七〇以下のショック状態です。今すぐ入院してください」

重篤な急性期の患者治療を主とする市内の総合病院で当直医から即座に告げられました。

その時妻は、「是が非でも入院させてもらう」という決意を胸に秘め、こうなる事態を予測していたかのようにタオルやパジャマなど身の回り品を手にしていたのでした。

妻の記憶によれば、病室のベッドに腰かけた私は、靴を脱ごうと屈み込んだまま再び意識をなくして頭から床に倒れたそうです。血だまりが広がるのを目の当たりにしてまっ青になったと妻は言っていました。

その日は地元で開催される駅伝大会の生中継に立ち会うことになっていましたが、意識を取り戻すと急遽「仕事は休む」と会社へ断りの電話を入れました。

長期療養の始まり

さて、ＨＣＵ（高度治療室）に入院したものの確固とした診断が出ず、しばらくの間は検査漬けの毎日。総合内科に始まり、呼吸器、消化器、循環器、神経内科とあらゆる診療科の検査が行われました。それでも何の病気かわかりません。

脳のＭＲＩ撮影や背中に太い注射針を刺す脳脊髄液の採取、さらにはエイズの検査まであらゆる検査が続きました。

検査中に一過性の脳梗塞の症状を起こし、頸動脈にプラーク*が見つかるというハプニングもありました。たまたま見つかった副産物のおかげで早期に治療薬を服用し、将来起きたであろう大惨事を避けることができました。不幸中の幸いです。

依然として私の容体は改善せず、咳やしゃっくりが一晩中続き、眠れない夜が何日もありました。

しかし肝心の、何の病気なのかは一向にわかりません。

「一体、自分はどうなってしまうのだろうか？」

最初のうちは、それほど深刻に感じていなかったのですが、時間が経つにつれ次第に不安な気持ちが湧き上がってきました。

ベッドに横たわり病室の窓から見る隣の病棟には、どんよりと赤みを帯びた冬の夕陽が差して、すべてを他人の手に委ねた何とも頼りない私の気持ちを映しているかのようでした。

神経難病を発症

入院から一週間ほどすると、それまで病室に寝泊まりしていた妻も他の家族と同じように消灯時間で家に帰されました。

ある晩、妻は家の冷蔵庫でタッパーに入ったままの古いおかゆを見つけました。体調の優れない私にと入院前に作ったものの、結局口にすることができず手つかずのまま固まっていたのです。

「もう家で夫と二人で食事をすることはないのかもしれない……」

そう思うと涙がこみ上げてきて、妻は泣きながら色の変わった料理を台所でひとり始末したのです。

次の土曜日には父と弟が見舞いにやって来ました。でも全く記憶がありません。二人が帰った翌日、私は訳のわからない意味不明な言葉を口にするようになり、妻は血の気が引いたと言います。

それが重症化の始まりでした。

その晩、三九度の高熱を出しました。背中に強い痛みを訴えていたそうです。

そして翌朝の診察で重篤な症状が発覚します。

主治医、「これは大変だ。足が動いていません！」。

ついに診断がつきました。神経難病の「急性散在性脳脊髄炎（ADEM＝アデム）」であると診断されました。下半身や上肢、脳の一部にマヒが起こっていたのです。ここからの病状は大変なものでした。といっても私はすでに意識がなく、これ以後のことは全く覚えがないのです。

この病気は脳や、脳から背骨を通って腰まで繋がる脊髄に炎症が起こったため、脳から発する信号が全身に上手く伝わらなくなり、手足や言語などに様々な障害が起こるものです。医師の説明では、ストレスや過労で免疫力が極端に低下した時に、体内に入った細菌やウイルスが悪さを働き、同時に体内の免疫細胞が自らの細胞を攻撃してしまったのだろう、ということです。

治療は、点滴でステロイドを大量に投与します。パルス療法と呼ばれるもので点滴を三日間連続で一クール行い、五日間間隔を空けて合計三クール続けます。それ以上は体に負担がかかるのでできません。

症状は足だけでなく全身に現れました。食事の時は手に力が入らずスプーンを持つことさえできません。食物を口に入れてもそれを飲み込む嚥下《えんげ》する力もなくなったため流動食になりました。

口を開けると口腔内はカビだらけで全面真っ白のおぞましい状態。喉の奥や舌、膀胱をはじめ体中のいたるところに細菌やウイルスが見つかりました。抗生物質が効かないものもありました。

私は眠っている時間が多くなりました。時おり医師や看護師の問いかけに反応しますが、受け答えはまるで常人のそれではありません。

例えば、

医師「伊藤さん、お歳いくつか答えられますか？」

私「三十五歳です」

まるで、お笑いのギャグのような、笑えない問答に周りは青ざめました。

また、口の中に広がったカビの治療は、薬を口に含み五分間じっとしているのですが、時計を見せられても五分間を示す針が全く読めず、傍《かたわ》らで付き添っている妻と弟は不安で胸がいっぱいになりました。

どうやら脊髄の炎症が脳にまで拡がってきたようです（でも私は全く記憶がないのです）。

生死をさまよった数日間

点滴によるステロイドの大量投与が始まって二日が過ぎました。病状は一向に好転しないまま私は昏睡状態に陥りました。

三日目、第一クール最後の点滴が始まった時、主治医が妻に言いました。

「この傾眠*傾向は炎症が脳の延髄まで拡がっていると考えられます。延髄は睡眠や呼吸を司る器官で、このままだと自力で呼吸ができなくなり死に至る可能性が大きいです。延命治療を続けるか、それとも自然死やむなしとするか、あと数時間のうちにご家族で決めてください」

非情な選択。究極の選択です。

妻は思いがけない主治医の言葉に絶句しました。

十二月とはいえ、まだ午後の日差しが暖かな病室には弟が横浜から駆けつけ、市内に住む叔母も一緒に付き添ってくれています。しかしそんな選択を簡単にできる由もなく、二人を前に涙が溢れ、ただ時間だけが過ぎていきます。


あと一時間足らずで点滴パックが空っぽになる……。

「神様、助けてください」

ベッドサイドで藁にもすがる思いで祈る妻・明美。

「ステロイド様、お願いします。効いてください」

弟の龍二も真剣な祈りです。

薬剤の一滴一滴が落ちる度にその時が近づいてきます。

院内で会議中の主治医も頻繁に病室をのぞいてくれますが一向に状態は変わりません。

すでに冬至の時分、いつしか病室には宵闇が忍び寄っています。

そして無情にも最後の一滴が落ち切りました。

それを呆然と見送り、放心状態のままどれだけ時刻《とき》が経ったでしょうか。沈痛な空気が破られた瞬間、妻と弟はわが耳を疑いました。


「あ〜、腹減った」

突然私が言葉を発したのでした。

「意識が戻った！」

驚く龍二（弟）。

「神様、ありがとうございます」

感涙にあふれ声にならない明美（妻）。

奇跡的に私は生死の境から生還したようです。

知らせを聞いて駆けつけた主治医も信じられないといった表情で、驚きを隠せない様子でした。俗なたとえをすれば、九回裏の逆転満塁ホームラン。経験豊かな医師にも、説明がつかないことが起こったとしか思えなかったようです。

気がつけば部屋の中はすっかり夜の帳が降りていました。

緊張と喜びが交錯する窓の外は赤や緑のイルミネーションが華やかに輝き、凛とした初冬の空気が、クリスマスを間近にざわめく街の鼓動を伝えていました。

夢と現実のはざまで

一夜明けて翌朝、生死の境目から生還したとはいえ、眠ったり目覚めたり朦朧とした状態が続きました。夢から覚めると猛烈な頭痛で現実に気づきます。また眠ると同じ夢を何度も見ます。

夢の中では、とあるゴルフ場に自分がいます。プロゴルフのトーナメントが行われ、他局のカメラがテレビ中継をしています。別の局のプロデューサーもいます。

「なんで自分がここにいるのだろう？」

不思議に思いつつ私は夢の中で、はたと気づきます。

「そうか！　このゴルフトーナメントの放送権を獲ってこいということか！」

現実にはそんなミッションはあるはずがないのに夢の中では勝手に思い込んでいたようです。

一体、どこまで仕事人間だったのでしょうか（笑）。

そして朦朧とした意識の中で看護師さんに尋ねようと一生懸命に思うのです。

「看護師さん、此処って○○カントリークラブだよね？　あそこのナースステーションの向こうはクラブハウスでしょ？」

夢うつつの中で必死にもがいてもどうしても声が出ません。そのうちにまた深い眠りに落ちてしまいます。そしてまた……その繰り返し。

もうひとつ別の夢も何度も見ました。ワンピース姿の米国人の女性歌手が踊りながら歌っています。聞いたことのない曲です。誰だろう？「あっ、*ジャニス・ジョプリンだ」、なぜか夢の中ではそう思ったのです。曲のメロディーは今もはっきり覚えています。鼻歌で口ずさむこともできます。でも今思えばそれは決してジャニスではありません。

そんな不思議な夢うつつと、時おり目覚めれば激しい頭痛の襲来。

その繰り返しがどれだけ続いたでしょうか。その頃の私はそれだけしか記憶がなかったのです。

ベッドサイドの妻と弟

猛烈な頭痛と格闘しながらも少しずつ意識がはっきりしてきました。

頻繁に弟の姿を病室で見るため尋ねてみました。

「今日はどうしたの？」

「うん。ちょっと出張があって来たよ」

何気なく答える弟。

カレンダーに目をやると明日からクリスマス前の飛び石三連休。私は「なるほど」と勝手に納得していました。しかし実際はそうではありません。

入院以来、何度も会社を休んで横浜から来てくれていたのでした。病院だけでなく私の会社を訪ね、人事部長や局長に病状を説明してくれていました。

局長「で、伊藤君はいつ頃会社へ出てこられるの？」
龍二「すぐには無理です。数か月という単位で、長い目で見てください」
部長「わかりました、お大事にしてください」

こんな感じだったということです。

健康保険の手続きもすべて調べてくれていました。健保組合のホームページを調べて給付の内容を事細かにまとめてくれたメモが後日、入院資料の中から見つかりました。本当に弟には感謝しかありません。

この日も、昔実家のあった繊維問屋街の神社で氏神様のお札をもらって来てくれて、枕元に吊るしてありました。

一方、妻の明美は毎朝、着替えや荷物の入った大きな紙袋を手に病室へ来てくれました。病室のドアから顔をのぞかせる時は本当にうれしく感じました。一日も欠かさず、そして病室で一日中そばにいてくれました。面会終了の午後九時になると汚物で汚れたパジャマを紙袋に入れて帰っていきます。抗生剤の効かない菌が体内にいるため病院の洗濯機は使わせてもらえなかったのです。

深夜、暗くて寒い冬の夜道をひとり自宅に向かう明美の心境はいかばかりだったでしょうか。今思っても胸が張り裂けそうで涙がこみ上げてきます。家に帰って洗濯。お風呂に入って寝るのは日付が変わってから。先の見えない病状と、得体の知れない不安が頭の中で渦巻いて眠れなかったと思います。

疲れがとれないまま、朝は無情にやってきます。重い体と心を奮い立たせて、凍てついた冬の道を気丈にまた病院へ。

妻には一生かかっても感謝しきれないと思いました。

ついに現実を認識

足は全く動きません。それでも窓の外を見たいと思った私は、両手でベッドの手すりをつかめば簡単に立ち上がれると考えていました。以前の感覚が頭に残っていたのです。

　でも、実際にやってみると膝はグニャグニャで全く力が入りません。手の握力はたったの五キロだと聞いて愕然としました。以前は五十キロを軽く超えていたのに……。

　こうしてだんだんと現実を認識していきました。

　そして、初めてのリハビリを翌日に控えたクリスマスイブ、病室のテレビでは桑田佳祐のXmasコンサートの中継番組を放送していました。桑田さんは喉のがんを克服して初めての復活ライブ。声は本調子でないながら懸命にお馴染みの楽曲をシャウトしていました。その姿に、私はいつの日かこの病気が回復して社会復帰する自らの姿を重ねていました。

＊急性散在性脳脊髄炎＝ADEM
神経難病の自己免疫疾患のひとつ。
＊プラーク（による狭窄《きょうさく》）
血管にコレステロールなどのかたまりである「プラーク」ができると、狭窄が生じ血液が流れにくくなる。頸動脈の狭窄が進行すると、脳へ送る血管が詰まるなどして脳梗塞

を起こす原因となる。

＊傾眠傾向

意識障害の一種。

＊ジャニス・ジョプリン

一九六〇年代後半に活躍した米国の代表的なロックシンガー。ハスキーな声と圧倒的な声量でR＆Bやブルースをシャウトする歌唱力は、二十七歳で早逝した後も、今なお多くのミュージシャンに影響を与えている。

第2章　重度マヒ　～ゼロからのリハビリ～

リハビリの入り口

生死の狭間から生還した私には長いリハビリ生活が待っていました。

最初は自力で寝返りを打つこともできず完全な寝たきり状態。ベッドに寝たままで手足を動かすことからスタートです。

数日後、看護師さんが私の身体を抱き起こし、慣れた手つきで〝よいしょ〟と車いすに乗せてくれました。自由の利かない私はまるで陸揚げされたマグロ状態です。体重は病気前よりも八キロほど減っていてたったの四十五キロ。それでも体の動かない患者を一人で簡単に車いすに乗せてしまう手際のよさはまさにプロフェッショナル。

後になって感心しきりでした。

　この日のリハビリは画期的でした。初めに車いすから平らな堅い台の上に寝かされ、体をベルトで固定されました。次の瞬間、台が足元から下の方向に傾き出します。台はリクライニングになっていて、九十度まで起きたところで停止します。私の体は台と一緒に地面と垂直になって寝ていました。つまり強制的に無理やり体が立たされたというわけです。自力で立ったという感覚はありません。台に寄りかかり手すりにつかまったままの直立でしたが、記念すべき「立てた」その瞬間でした。

「這えば立て、立てば歩け」で、次は歩くこと。数日後には両手で歩行器に掴まったまま、理学療法士の森先生は「歩いてみてください」と言います。

「えっ、そんなこと！　できるの？」と思いつつ歩を進めようとしました。が、膝の裏に全く力が入らず、グニャッと崩れ落ちてしまい、森先生はすかさず私の両脇を支えてくれました。そんな格闘が十分余りも続いたでしょうか。やっとのことで私は病室の前の廊下を一メートル歩くことができました。

　記念すべき「歩けた」（？）瞬間というのでしょうか。

「アミちゃん（妻・明美のこと）、きょう兄貴は歩いたんだよ！　歩行器で」

その日、私に付き添ってリハビリの一部始終を見ていた龍二は、妻が姿を見せるとすぐに報告し、二人してわがことのように喜んでくれました。

しかし歩行器に寄りかかったままのことで、私には歩けたという感覚はこれっぽっちもありませんでした。

兎にも角にも、こうして十二年余りにわたるこれからの長いリハビリ生活が幕を開けました。

眼下の街は押し詰まった暮れのせわしさを増す中、病棟十階の個室には柔らかな夕陽が差し込み、三人を穏やかに包んでいました。ゼロから始める新しいステージへの移行を静かに予感させていました。

大みそかの院内散歩

大晦日の病院はひっそりとしています。初めてシャワーを看護師さんに浴びさせてもらいました。

「ちょっと体が楽になった気がする」

温水で血行が良くなったせいか少しだけ体調が良く、院内を車いすで散歩に出かけました。車いすは妻が押してくれます。

入院以来、病室の外に出たのは検査の時だけ。しかもＭＲＩの検査室は地下で、なんと霊安室の隣にあったため、あまり気分の良いものではありませんでした。

車いすで妻と一緒に一階のロビーを通り、売店をのぞきます。サンドウィッチに中華にハンバーグ、美味しそうなお弁当の数々が並んでいました。明美はここで夕食を買い、毎晩病室で食べていたのです。本当に美味しそうに見えました。

「わたし、この病院はもう庭みたいなものよ」

（車いすを押しながら）ちょっと得意げな明美。

毎日病室通いをしていた妻は、複雑な館内を熟知していました。どこを曲がれば食堂に行くのか、どのエレベーターに乗れば直通で病室に行けるのか、というように。

迷路のような通路をスイスイと車いすを押していきます。

病棟中央のパブリックラウンジへ行くとピアノがありました。自動演奏か、それとも時には誰かが弾くのでしょうか。広い廊下には絵画が並んでいます。

ほぼ一か月の間、病室の天井しか知らない私には何もかもが新鮮に見えました。久しぶりにお出かけをしたような楽しい気分になりました。そして最後に裏側の玄関から外界の街並みを眺め、病室へと戻りました。

ここ数日で血中酸素濃度がやっと95を超え、ずっと鬱陶《うっとう》しかった点滴針もついに外してもらえました。脱針《だっしん》というのだそうです。なんとうれしかったことでしょうか。両腕の静脈にはあちこちに青あざができていました。

食事も少し口から摂れるようになりました。最初はすべてミキサーにかけ、形のないドロッとした病院食から始まり、その後は細かな刻《きざ》み食、一口大《ひとくちだい》にカットした柔らかい調理に変わってきました。握力は十キロ台に回復し、何とか自分でスプーンを持てるようになっていました。でも、おむつはまだ外れません。

病室での年越し

年末年始は付き添いの家族が病室に泊まることが許されます。大晦日の晩は一か月ぶりに妻と水入らずで病室で過ごすことになりました。

思えば、この一か月の病院生活で楽しい思い出はひとつもありませんでした。只々、肉体の痛みや苦痛との闘いで、わが身の先行きに思いをめぐらす余裕もありません。とにかく今のこの苦痛から何とか解放されたいと思うばかりでした。

その晩は妻と二人で夕食を食べた後、年末特番のテレビもつけずに、昼間に車いすで院内を散歩したことを思い出しながら穏やかに話をしていました。

隣の病室は、正月を過ごすため患者さんが一時帰宅したらしくひっそりとしています。

静寂を破って時おり、救急患者を乗せたサイレンの音が響きます。

気がつけば消灯時間の午後九時。

妻や弟、そして家族や周りの人々を巻き込んで大揺れした師走の最後の一日は、除夜の鐘を聞くこともなく静かに過ぎてゆきました。

新年の意外な訪問者

平成23年（二〇一一年）

年明け早々、病室には思いがけない来訪者がありました。

最初の来客は会社の先輩で以前の上司の今中局長でした。ベッドで寝ていると突然、入り口の戸がスーッと開き、思いがけなく懐かしい職場の顔がのぞきました。この時期私はまだ面会は制限され、誰も見舞いには来ません。驚いた私に彼は「関係者のような顔をして黙ってナースステーションの前から堂々と入ったよ」と言います。

昔から堂々と意表を突く人で、彼を煙たがる部下もいましたが私はそんなひょうひょうとしたところが好きで、気の合う先輩でした。私は、かつて駆け出しの新人記者時代に、そんな記者魂（？）をこの先輩から学んだことを思い出して、心の中でクスリと笑いました。

数分、会話をしてすぐに帰っていきましたが、ちょっと心がほっこりする見舞客でした。

翌日の来訪者はもっとドラマティックでした。

同じように入り口の戸が開くと、なんと驚くことにパジャマ姿の中高年の男性が立っていました。頭には白い包帯がグルグル巻きにされています。

こちらもかつての報道部時代の先輩で、今は関係会社役員の石戸さんでした。聞けば年末にこの病院に入院して硬膜下血腫の緊急手術を受けたばかりとのこと。私と同じ病棟にいるそうです。

術後すぐにリハビリで歩かされ、今も頭の傷痕がズキズキ痛むと言います。そんな状態でわざわざ来てくれたのです。

この先輩もかつては優秀な報道記者で、折に触れて的確なアドバイスをいただいたり、その後も何かと私のことを気にかけてくれていました。昨年の人事異動の前に、自分のいる職場へ来ないかと打診をくれたこともありました。

普段は口数の少ない石戸さんですが、本当に心の温まるサプライズでした。

天国と地獄

そして三が日が明けると名古屋市内は大雪でした。一般の会社と同じように荒天でも総合病院では大勢の職員を前に院長の年始挨拶があるのだろうか？　などいう私の心配をよそに、病棟の業務はいつもと変わりなく粛々と進んでいました。

午前中、妻と二人で病室にいると、主治医の野口先生が入ってきました。

新年早々、先生の口から出た言葉は衝撃的なものでした。

「伊藤さん、今日はいい知らせと悪い知らせと二つあります。

いい知らせは、まず、検査の結果、膀胱にいた細菌はなくなりました」

入院以来、膀胱でなぜか抗生物質の効かない細菌が検出され、ずっと消えないでいたのですが、今朝の検査で菌は消滅したというのです。詳しい原因はわかりませんが、うれしい報告でした。

「次に悪い知らせですが……」

少し間をおいて先生は続けました。

「この前採取した髄液を東北大学の附属病院に送って詳しい検査をしました。その結果、〈*アクアポリン4抗体（ＡＱＰ４）〉という物質が陽性で、体内にあることが分かりました。この抗体を持っていると視神経などに症状を再燃する可能性が高く、再発すると最悪の場合、失明することもあります」

非情な宣告でした。
予想だにしない思いがけない言葉でした。

私たちは言葉にならないほどのショックで目の前が真っ暗になりました。生死の境から生還して、少しずつリハビリも始まり、やっと少し希望の光が見えてきたのに、這い上がれないほどの奈落の底に再び突き落とされたような気持ちでした。
今は足が動かないけれどリハビリを必死でやって社会復帰し、いつかまたゴルフも野球もできるようになるんだ、という思いが一気に打ち砕かれたようでした。
妻の耳には「絶対再発します」と響いていたようです。明美は絞り出すように言いました。
「私、あの先生の話、キライだわ。だっていつも悪いことばっかり言うんだもん。
最初は、『このままだと死ぬかもしれない』、
意識が戻ったら『一生寝たきりかもしれない』、
車いすに乗れたら『一生車いすかもしれない』、

いつもイヤなことばかり。

杖で歩けるようになったらきっと『一生杖は手放せないかもしれない』って言うのよ」

無理もありません。医師は常に最悪の可能性も想定して患者に伝えます。いつもそれを一人で全部受け止めてきたのは妻でした。つらい気持ちをこらえ必死に耐えてきた心の防波堤が崩れ、一気に悲しみの感情が噴き出したのです。

一方、私は野口先生のことは頼りにしていたので恨む気持ちはありません。ただ、思いもしなかった言葉に途方に暮れ、「目の見えなくなった自分を想像するのがとても怖かった」というのがその時の正直な気持ちでした。


病室に配膳された夕食がいつしか冷たくなってしまっても食事に手は付けられず、私たちは抱き合って泣きました。いつも私の前では気丈な妻も声を上げて涙を流してくれました。そして二人で祈りました。

「神様、この病気はこれっきりにしてください。絶対に再発はしませんように!! どうか神様、お願いします」

枕元に吊るした那古野《なごの》神社のお札の前で、私たちは一心に祈りました。生死をさまよっていた時、弟が氏神様でもらって来てくれた御守りです。本当に藁にもすがりたいとはこの時の気持ちを言うのでしょう。

ひとしきり無言で祈った後、明美が言いました。

「ねえ、先生は神経症状が再燃すると言ったけど、世の中に絶対ということはありえないよね。だから絶対失明するとは限らないよね？」

「だったら一生懸命リハビリがんばって、一生懸命神様にも祈って、抗体を持っていても再発しない症例もあるっていうことを証明しようよ‼　あの先生にその姿を見せてあげようよ。とにかく再発しない可能性を信じてやってみようよ‼」

お互いにどちらからともなく、そんな言葉が出てきました。

いささか強引で説得力に欠ける理屈かもしれません。しかし、無理やりにでも「たった一筋でもどこかに光明を見出し、一本の藁にもすがりたい」。そんな思いで小さな可能性に賭け、事態を前向きにとらえるしか、その時の二人にはなすすべがなかったのです。

＊アクアポリン4抗体
その後、アクアポリン4抗体が陽性で脳・脊髄・視神経などに炎症が生じる疾患は「視神経脊髄炎関連疾患」と位置づけされている。

リハビリが日課に

正月明けに降った大雪は翌日も残っていました。

リハビリ室は別棟にあり、外の通路を通って行きます。私はコートを着込み、毛布を膝にかけ車いすを押されて会場へと向かいます。

ステロイドで免疫力が下がっているので絶対に風邪をひいてはいけないのです。

足元や通路の植え込みは淡い雪に覆われていました。出口の見えないリハビリ生活に臨む不安混じりの気持ちを、真っ白な雪がそっと包んでくれているかのようでした。

リハビリ室は意外と広くたくさんの器具が並び、何人かの患者さんたちがそれぞれの訓練メニューに励んでいました。

私は本格的なリハビリは今日が初めて。科目は三つ。生活の機能改善を目指すOT＝作業療法、運動機能の回復を図るPT＝理学療法、そして言語機能や嚥下能力を回復させるST。この三種類を午後の時間帯に二時間程度行います。

最初はまず、立つこと。平均台のような手すりに掴まって立っていることがやっとでした。そして歩行器に掴まりながら少しずつ歩く訓練が始まります。

特に左足の膝裏に全く力が入らず、すぐにグニャッと折れてしまいます。今さらですが、症状の重さに我ながらあきれてしまいました。

それでも何日かすると歩行器に寄りかかりながらゆっくりと歩を進めることができるようになりました。二十メートル四方程度の室内だったでしょうか。器具の間を何分もかかって一周します。

一方、作業療法（ＯＴ）の訓練は手の動きが中心です。足の障害ほどではないのですが握力がほぼ失われ、指の動きも緩慢でした。メニューはおはじきをつまんでは器の中に移動させる反復練習や漢字の書き取りなど。まるで小学生になったような気分でした。

言語療法（ＳＴ）の訓練も受けました。声に出して絵本を読んだりします。こちらは比較的後遺症は軽く毎日ではありませんでした。ある時、新聞記事を朗読する訓練があり、私が一字一句間違えるものかと注意深く読み上げたら先生は「そんなにきちんと読まなくてもいいよ」と言ってくれました。私はかつて記者時代の現場リポートの時の習性で、できるだけ分かりやすく、噛まないようにと心がけたのですが、そばで見守っていた妻は「なんだかカメラに向かってしゃべっていた元気な時の姿を思い出した」と言って涙ぐんでいました。

回復期の小さな奇跡

今年の冬は例年になく寒さの厳しい年でした。

病状は急性期から回復期へと移りつつありました。いつの間にか頭痛はおさまり、おむつも外され、やがて腰にぶら下げていた尿を溜めるビニールの袋も取り外されました。排便も初めて自分で行うことができた時はうれしい気分になりました。ひとつずつ、様々な段階が上がっていくようでした。

「発症後、生まれたばかりの赤ちゃんに返り、寝たきりだったのがハイハイを始め、立ち上がり、おむつが外れ、やがて歩き出す……。人間本来の機能を徐々に取り戻していく過程はまるで赤ちゃんの成長と同じね」

明美は私の回復を赤ん坊の成長の様子に重ねて見守ってくれていました。


ある日の昼、病室で食事を終えたところに主治医の野口先生が息せき切って入ってきました。何事かと思ったら開口一番、

「伊藤さん、奇跡です！　数値がひと桁になりました」

この病気は時々検査のため、背中に太い針を刺して髄液（脳脊髄液）を採取します。時間のかかる苦しい検査で今朝も一時間ほどかけて行われました。

この検査では髄液の中に存在する細胞の数が病気の状態を測る目安となります。例えて言うと、体内という戦場で、外敵と戦ったり、自分の神経細胞を誤って攻撃してしまった白血球の数が、一定量の髄液中にどれだけあるのかということです。正常値はひと桁だそうです。

死と直面していた最も状態が悪い時には７００（個／μL）という途方もない数値で、その後70位まで下がってきましたが、「この先は40以下には下がらないでしょう」と

いう診断でした。

それが驚くことに、今日の検査ではなんと「7」に下がっていたと言います。先生も本当にびっくりした様子でした。説明がつかず奇跡としか言いようがないのです。予想もしていなかった朗報に私と妻は顔を見合わせて喜びました。

先生が部屋を出て行った後、私たちは話しました。

「こんな奇跡が起こるのなら、ＡＱＰ４抗体による再発だって起こらないかもしれないね。いや、そんなこともあるんだという奇跡を私たちの症例で示してやろうよ！」

日々の後遺症にとらわれ、忘れがちになりながらも心のどこかに重くのしかかっていた再発の不安を、このような会話で振り払おうとしていたのでした。

激しい後遺症

しかし、現実には大きな後遺症がありました。自力で排尿ができないのです。ですから日に何回もカテーテルを尿道に差し入れ、導尿をされていました。「痛そう!!」とお思いでしょうが、これがちっとも痛くはないのです。たぶん、様々な後遺症の一環で、体のあちこちの感覚が鈍くなっていたのだと思います。

　そして、相変わらず背中の痛みは相当なものでした。特に夜になると鎮痛用のロキソニンシートを貼っても耐えがたいほどの苦痛でした。妻は毎晩背中をさすってくれました。

　足は動かないだけではなく、鉄の棒が太腿《ふともも》に入っているような嫌な感覚があるのです。極度に緊張が高いため、わずかな刺激で膝下が無意識に跳ね上がり、時にはじっとしていてもビクンビクンと動きます。夜になるとなおさらでした。

　夜といえば、悩まされたのは不眠でした。いつの間にか夜、寝付けなくなっていたのです。看護師さんが睡眠導入剤を飲ませてくれましたが一向に効き目がなく、数時間後に別の眠剤を服用したりもしました。が、これは体に良くないからと、主治医に止められました。

面会解禁

　この頃になると会社関係の見舞客の面会が解禁されました。それまでは家族や親戚を含めたごく一部の人たちに限られていたのですが、蓄尿バッグも外れ、人との会話も通常に話せるようになったということで面会は全面解禁になったのです。

最初に来てくれたのは同期入社の二人。かつて結婚式に出席して司会やスピーチをしてくれた同期たちの見舞いはやはりうれしいものです。入院中、マイナスな言葉は一切吐かなかった私でしたが、他愛のない話をする彼らに胸が熱くなりました。やはり闘病生活で気が弱くなっていたのでしょう。

これを皮切りに上司や先輩、部下や後輩が次々と来てくれました。病室に不在だと、リハビリルームまで足を運んでくれた人たちもいました。聞けば社内の幹部会で「入院中の伊藤君は面会が解禁になりました。見舞いに行ってもいいですよ」とのアナウンスがあったということです。


面会の制限が長引いたのは妻の意向もあったようです。意識が戻ったばかりの頃は会話でも訳のわからないことを言う時が度々あり、そんな状態で会社の人に会わせて「あいつはもう終わったな」と思われるのは本人がかわいそうだと気遣ってくれたのでした。これは後になって聞かされたことです。

そんな中で早くから小まめに足を運んでくれた一人の後輩がいました。職場の部下で担当部長の健太郎君でした。自宅のマンションが病院の目の前にあったこともあり、「気分転換に、好きで来ているんですから！」としょっちゅう顔を出してくれました。話す内容は家の飼い猫のことばかり。看病と介護で四六時中気が張り詰めていた妻にとってもホッとするひと時だったようです。今でも明美は「健ちゃんには本当にお世話になったね。とっても救われた」と感謝しています。

リハビリルーム模様

リハビリルームでは様々な人が訓練を受けています。脳梗塞で倒れ、利き手が不自由になってしまった寿司職人の大将。歳は五十～六十代でしょうか。奥さんがつきっきりで助けています。若い人もいます。リハビリを嫌がり、早く終えてくれと療法士さんを困らせているエラぶったお年寄りもいます。

私はといえば、歩行器に掴まっての歩行。そして二本の杖を使って療法士さんに脇を支えられながらのヨチヨチ歩き。左膝は抜けるようで力が入らず、まだまだです。

でもとにかく早く歩けるようになりたい一心で、「スクワットをやりたい」などと無理を言ったりしていました。それでも療法士さんは備え付けの手すりに掴まってならと、「十回だけですよ。無理しないで」と応えてくれました。

横に目をやれば二十代の若い男性がルームランナーを速足で歩いています。私はつくづく「いいなあ。あれくらいできるようになりたいなあ」と羨ましく思っていました。

リハビリルームは別棟の一階にあります。作業療法（ＯＴ）の全工程を終える頃、窓から差す西日が私たちの姿を赤く染め、一日の訓練の終わりを告げています。ベッドから窓越しの景色しか見られなかった頃に比べると、少しだけ日が長くなった気がしました。しかし春はまだ先です。

専門病院への転院

発症から二か月近くになると、転院の話が出始めました。今の病院は急性期の患者を受け入れる救急病院なので、リハビリ期になると別の病院に移らなければなりません。正直、私は主治医の野口先生を信頼していたし、ここでのリハビリも気に入っていたのであまり気が進みませんでした。

「転院先のリハビリ専門病院は、合宿のようにカリキュラムが組まれていて大変な日々を送るのかな？」

私は勝手に転院先の生活を想像して少し暗い気分になったりしていました。

どうやら転院先の候補が絞られました。一つは名古屋市郊外のリハビリ病院。リハビリ施設はかなり充実しているそうです。でも自宅からのアクセスは不便です。坂道を二十分ほど歩いてバス停に行き、バスを二本乗り継がなければいけません。今までは地下鉄一本で病院の地下まで来られたので、妻はさらに負担が増えます。

もっと通いやすい市内のリハビリセンターも候補に挙がりましたが、「治療を最優先に。夫にとって一番良い病院を」という妻の意向が尊重され、神経内科の専門医が充実している名古屋市郊外のリハビリ病院に決まりました。

救われた看護師長さんのひとこと

転院を翌日に控えても排尿はまだ自力でできません。私と妻の大きな不安のひとつでした。

そんな時、珍しく看護師長さんが病室にやって来ました。

「いよいよ、明日ですね。退院おめでとう」

「でも師長さん、まだ未だに自尿がよく出ないんです」と不安を打ち明ける私。

すると師長さんは次のように言いました。

「大丈夫。絶対に出るようになるから！　今まで私が見てきた患者さんで自尿が出なかった人は一人もいませんから!!」

とても力強く、断定的な言葉でした。

これには本当に励まされ感激しました。希望の光が見え、胸のつかえがスッと下りたような気がしました。

病院では医師たちは、常に最悪のケースを想定して話すせいか、希望のあるようなことはなかなか聞かれませんでした。それが、この師長さんは患者が一番不安に感じていることを力強い言葉で一掃してくれたのでした。誰一人として口にしなかった前向きなプラスの言葉を言ってくれたのは師長さんだけでした。

私よりも感激したのは妻でした。

いつも最悪のケースを想定した言葉を聞かされる度に、ひとり胸に収め、耐えてきた明美は、この時、涙さえ浮かべていました。妻は主治医から聞かされるあまり良くない話は、私にはすべてを伝えてきたわけではなかったのです。これも後になってわかったことでした。本当に素晴らしい女房です。

第3章　転院　～本格的リハビリ～

【前編】

癒やしのステージへ

転院の日は立春からほどなく、寒いながらもどこまでも青空の広がる早春の日和でした。

三重県に住む妻の妹夫婦が車で迎えに来てくれました。病室でお昼を済ませた後、お世話になった担当の看護師さんにあいさつし、車いすで病院玄関へ。

初めて車いすを放し、必死に助手席へと乗り込みます。

新しい転院先のリハビリ病院へは車で十五分程度。ちょっとした遠出です。タイヤが路面の凹凸を拾うたびに振動が背中に響き、不快な痛みに襲われます。それでも入院以来、初めての外出にドライブ気分で大いにリフレッシュしました。

病院は名古屋市郊外の県道から少し奥まったところにあり、周りを緑に囲まれ雑木林の中にひっそりと佇んでいます。後方の北側と横手の東側は小高い丘になっていて、樹木が森のようにうっそうと茂っています。

午後の院内は明るく静かでロビーには人影もほとんどありません。街中の救急総合病院とは正反対に、静寂に包まれたのどかで落ち着いた空間です。

昭和の時代から長い間、多くの患者を癒《い》やしてきた歴史があり、建物はとても古く、壁や廊下にはあちこちに傷《いた》みや劣化がみられます。

でも私は、ゆったりとしたこの雰囲気がとても気に入りました。入院に先立って手続きに訪れた妻がしみじみと話していた言葉を思い出しました。

「この静かな環境の中であなたは癒やされていくんだなあ」

私も全く同じ気持ちでした。

「ここでゆっくり回復しよう……」

新参者の入院患者

四人部屋の廊下寄りのベッドで私は焦りを感じていました。

「また、検査の繰り返しでちっともリハビリが始まらない」

やはり転院先では改めて検査を一通り行うのです。頭から腰まで全身のＭＲＩ、心電図、Ｘ線撮影、血液検査ｅｔｃ…。苦痛な髄液採取がなかったのは幸いでした。

数日経って理学療法士さんがやって来ました。リハビリのスケジュールはまだ少し先とのことだったので、療法士さんにお願いしてベッドの上でできる訓練メニューを教えてもらいました。寝たまま腰を浮かせたり足を上げたりする程度のものでしたが、ヒマなので一生懸命やってみました。

こうしてまた一日が過ぎていきました。

今までいた救急病院とはすべてが違います。

ここでは時間がゆっくりと流れていくようでした。

病棟の人たち

病棟には様々な人たちがいます。

主治医の川上先生。一見、朴訥《ぼくとつ》としてあまり饒舌《じょうぜつ》ではないのですが、患者の話を親身になって聞いてくれる温かい先生です。看護師さんたちもやさしく接してくれます。

理学療法士の山本先生。妻が「女優さんみたい」と言うほど容姿端麗な女性ですが、訓練指導は慎重派。前のめりになりがちな私たちにブレーキをかけてくれます。

作業療法士の松田先生。スタッフさんの間では「厳しい先生」という声も聞かれますが、私とはウマが合う体育会系っぽい女史です。

車いす移動をサポートしてくれる助手さんや病室の清掃係の人たちも皆、親切に声をかけてくれます。

廊下に出れば他の病室には、表情もうつろにずっとラジオの歌謡曲を聞いているお年寄り。こっそりと隠し持ったチョコレートがバレて看護師さんにひどく叱られている糖尿病の中年男性。ナースステーションに入り浸って、同じ言葉を大声で繰り返ししゃべっているおばあさん。難病の病棟では様々な患者さんが暮らしています。

車いすに乗って自分で廊下を移動することは許されています。私は手を使わず、かかとで床を蹴って前に進む方法を編み出しました。マヒした足でもなぜかかかとで蹴ることはできたのです。これだと速く進めるのです。手でホイールを動かすのが好きではありませんでした。

ある時、それを見ていた高齢のおじいさんが私に言うのです。

「お兄さん、ちょっとあんたの靴を見せてくれ」「車いすで床を蹴ってそんなに速く進めるなんて、特別上等な靴なんだろう？　どこで買った？」

口調はゆっくりでも矢継ぎ早の質問です。

「おじいさん、そんなことないんですよ。これは普通のリハビリシューズだよ。病院の売店で売っている靴だよ」

私はにこやかに答えました。

しかしおじいさんは「そんなはずはない」と納得しません。

しばらく同じ会話が続いた後でおじいさんは病室へ帰っていきました。

病室から眺める風景

私のいる三階の相部屋は、初めのうち入退院の出入りが激しく、数日で私は窓際のベッドへ移動しました。

冬とはいえ、窓いっぱいに差し込む陽ざしは柔らかで暖かく、とても癒やされます。窓からはこんもりと木の茂った林がよく見えます。雨上がりの午前中には露に濡れた木々の枝がくっきりと映り、春を待つまだ固い木の芽がみずみずしい生命力を感じさせます。

林の中には小さな池もあり、脇の小道を歩いている人影が見えます。野外で歩行のリハビリをしているのでしょうか。冬枯れの散歩道は桜の並木のようです。

私は強く思いました。

「桜が咲く頃にはきっと、あの満開の花の下を歩いてみたい!!　そのためにはリハビリ、頑張るぞ!!」

ここへ来る前の救急病院で看護師さんが話してくれた言葉を思い出しました。

「私の知っている患者さんも同じ病院に転院してリハビリ受けたけど、今じゃピンピンして跳んで歩いてますよ」
窓辺のひとときは私のモチベーションが一段上がった瞬間でした。

リハビリ三昧の日々

リハビリは毎日、午前と午後の二回、四十分ずつ。歩行器での歩き。杖をついての歩行。手を離して片足立ち数十秒。ハンドグリップ。器具を使ったペダル漕ぎ……。訓練の種類は多岐にわたります。

中には訓練を嫌がる患者さんもいます。でも厳しい筋トレを強要されたり、痛みを伴うわけでもなく、もともと運動好きな私にとってはむしろ楽しみな時間でした。体育の授業か運動部の部活の練習のような感覚で臨んでいました。

力が入らず緊張の高い両足を「もっと動くように」「もっと歩けるように」という思いは、「少しでも競技が上手くなりたい、技が上達したい」という気持ちに通じるところがあったと思います。

しかし、まだ杖をついてもまともに歩けず、思うように足が動かないもどかしさを常に感じていました。患者のお婆さんが杖も持たずにスタスタと歩いて屋外のリハビリから帰ってくる姿を見ると、つくづく「うらやましいなあ。早くあんなになりたいなあ」と心に思う私でした。

気がはやる私は通常のカリキュラムでは飽き足らず、こっそり一人の時間に病室を出て、廊下の手すりにつかまってソロソロと歩く真似事をしたりしていました。隣の病室の患者さんの家族と顔見知りになり、奥さんが「がんばっていますね」と声をかけてくれました。しかしある時、ナースステーションの看護師さんに見つかり、「伊藤さん、ダメじゃない！　まだ歩行練習は家族の見守りがいるでしょ！」

ということであっさり病室に戻されました。

病棟では、万一転んで骨折でもしたらそれがもとで一生寝たきりになりかねません。それほど転倒事故には細心の注意を払っているのです。

こんなこともありました。ある時、リハビリ室にひょっこり父が現れました。傍らにいた妻がサプライズで連れてきたのです。一か月前には寝たきりだった私の回復ぶりを見てもらおうという妻の計らいでした。これも後でわかった話ですが、どうやら父は大きな回復や社会復帰は無理だと思っていたようです。

近い将来、退院した後には障害者施設へ入所する選択肢も院内で取り沙汰されていたということで、妻は一生私の介護をする悲壮な覚悟をしていたのでした。

見舞客万来

転院してからは見舞客も増えました。

会社関係では、社長や常務をはじめ報道スポーツ局の人たちや、かつての様々な職場の先輩方や後輩たち。いろいろな顔ぶれでした。足繁く来てくれる担当部長の健ちゃんは、中日ドラゴンズの沖縄キャンプ情報を教えてくれました。また、中には見舞いついでにと、仕事上の質問をいくつも持参して病室で尋ねてくれる元同僚もいました。そんな時は少しだけ現場の香りを感じてなんだかうれしいような気持ちになりました。

プライベートの見舞いでは、自宅が近く、明美が母親代わりのように慕っている元医師の久子叔母さん。何度も来てくれ、顔を見ると泣きたいような温かい気持ちになりました。

以前の業務上の関係から転じ、個人的にも親しくしている県立大学教授の田中先生。会社で私の入院を聞かされたのは二か月も後のことだったと、情報の遅さに少々憤っておられましたが、仕事を越えた人のつながりを大切にされているからこそ。私のことを気遣ってくれたのはありがたい限りです。田中先生は入院中三回も来てくれました。

かつて、営業現場で勤務していた時の仕事相手で、今でも家族ぐるみで付き合いのある広告代理店の水谷さん。ひとしきり会話をしてベッドの脇でふとつぶやきました。

「あ～、もう伊藤君もゴルフはできないな……」

彼の母親は〈多発性硬化症〉を患い長年看病していたので、この神経難病の実態をよく知っていたのです。

水谷さんの、このふとしたひと言に私は、

「そんなことはないよ。絶対に回復してゴルフをやってみせる!!」

と心の中で秘かに思いました。

闘病生活の、まさに〝バネ〟になった一言でした。

相部屋の常連たち～レギュラー患者が固定～

転院から一か月経つと病室は入退院の出入りも落ち着き、三人の患者さんが同部屋のレギュラーメンバーに固定しました。同室の相棒たちをご紹介します。

廊下側から、一人目は去年のクリスマスの日に急に手足が動かなくなり*「ギラン・バレー症候群」を発症した四十代の男性。寝たきりで食事も看護師さんに食べさせてもらっていますが、天真らんまんで子供のような甘えん坊です。中日ドラゴンズの大ファンで、私は時々スポーツ紙を見せてあげました。

二人目は、何かと心配性で、夜も寝られないと訴える五十代くらいの男性。自力で歩行できるのですが、街で遭遇した不幸な事故が心身に影響を与えているようです。他の患者さんに内緒で、見舞いに頂いたケーキをおすそ分けしてあげました。

窓側の三人目は二十代の男性。一番の古参です。喉に管を挿入していたようで、奥さんが頻繁に付き添っていました。特別、親切にした記憶はありませんが、私より先に退院していった時、なぜかお礼を言ってくれました。

みんな重い神経難病を患っていて、時には周りを煩わしいと思うこともありましたが、それはお互い様です。

その後、時が経ち私は個室へと病室を移動しました。

＊ギラン・バレー症候群
ウイルス感染や細菌感染などがきっかけとなって、免疫細胞が自己の末梢神経を障害してしまう自己免疫疾患。脱力、しびれなどの症状が現れる。

後遺症アラカルト

この時期になると、一番心配の種だった排尿も自力である程度できるようになっていました。しかしすべてを出し切ることができず残尿が常に１００ccほど膀胱に溜まっており、朝晩二回の導尿は日課でした。

さらにやっかいな問題に悩まされます。それは頻尿。特に夜間頻尿の悩みです。

健康な人は膀胱に３００cc位の尿を溜められるのですが、私の場合、一回の尿量がせいぜい120〜150cc程度。日中でも夜間でも二時間おきにトイレに行きます。ですから睡眠中、一晩に三回は起きて車いすで廊下を走ります。尿漏れでシーツを汚してしまうことも二度ありました。強い尿意が突然襲ってくるのです。

排便も悩みの種です。なかなか便通がなくシャワートイレで刺激して、一時間ほど時間をかけてやっと、といった状態です。排泄後も残便感や膨満感があり、不快な感覚が一日中続きます。この違和感は退院後何年も続きました。

排泄障害はケガや病気で脊髄を患った患者特有の後遺症です。自尿が出ないか、あるいは極度の頻尿。ほとんどの患者さんがこの問題に悩まされているのです。

相変わらず、太腿の強い突っ張り感や脊髄の通る背中の痛みも消えません。

脊髄を患った多くの患者さんが私と同じ悩みを抱えていると思うと、自分だけでなく、神経難病で悩んでいるこの病院の、いやすべての患者さんが一日も早く回復しますように、癒やされますように、と心の中で祈るような気持ちが沸々と湧いてきました。事実、私は朝晩、病室のベッドで心の中でつぶやいたりしていました。

車いすで知った3・11東日本大震災

二〇一一年三月十一日、午後二時四十六分。

多くの人たちが被災したつらい記憶です。

遥か遠くの海中で起きた地震は、六〇〇㎞離れたこの地も大いに揺るがしました。

名古屋、震度三。

その時、リハビリを終えた私は病院のロビーでテレビを見ながら休んでいました。

車いすではショックを吸収するのか、さほど揺れは感じませんでしたが、立っていた妻はかなり衝撃を受けていました。

急に辺りがざわざわと騒がしくなりました。

急いで病室に戻ると、ギラン・バレー症で寝たきりの患者さんが「もしここで大地震が起きたら僕を助けてくれる？」と不安そうに男性の看護師さんに話していました。

駆け足の春爛漫と牛歩の回復

午後九時二十分。夜桜の咲き誇る並木道を走る市バスには、一番後ろの座席にポツンと妻の明美が一人。乗客は他に誰もいません。

病院を出るのはいつも午後八時過ぎ。ターミナルでバスを乗り継ぎ、高台のバス停で降りると閉店間際のスーパーへ向かいます。残り少ないお惣菜から翌日のお昼ご飯を買って家路へと急ぎます。

真っ暗な坂道を歩く明美の心を先々の不安が埋め尽くします。重い障害を抱えて家で生活していけるのだろうか？　暗澹《あんたん》たる気持ちを振り払いながらぐっと前を見据え、ただひたすら「絶対大丈夫！」と、その一言を念仏のように何度も何度も繰り返します。彼女の心中を察すると今でも胸が張り裂けそうになります。

自宅にたどり着くのは午後十時を回ってから。張り詰めた気持ちだけが疲れ切った身体を支えていたのだと思います。

一方、私の回復はゆっくり、文字通り牛歩のごとくです。

満開の桜の下を歩く希望は叶わず、新緑の時期になっても若葉を愛でるのは車いすに座ってでした。病院の玄関からアスファルトの小道を通って林の中へ行くだけで、路面の凹凸をゴツゴツと車輪が拾う振動で背中が痛みます。

点滴や注射はないものの、相変わらず飲み薬は驚くほどの量です。錠剤のステロイドは多すぎて飲みきれないので、粉状に砕いて飲みやすくして毎日服用していました。ステロイドは骨を弱くするため、週に一回、骨粗鬆症予防のカルシウム剤を液体で飲みます。量は牛乳瓶一本程度にも。ちっともおいしくはありません。


【後編】

お風呂タイム解禁

お風呂タイムも解禁となりました。

週二回、廊下の端にある共同バスルームまで車いすで行って入浴します。看護師さんの介護を断り、一人でトライしました。滑りそうな床のタイルに気をつけながら壁の手すり伝いにゆっくりと進みます。

浴槽の端をしっかりと両手でつかみ、片足を上げて浴槽に入れます。この頃には手の握力は三十キロ位に回復していました。続いて逆の足。時間をかけてやっと入浴が完了です。

「これも作業療法の一環」とひとり悦に入る私でしたが、理学療法士の慎重派の山本先生に話すと、「一人でどうやって入ったの？　大丈夫なの？」とあきれたような顔をしていました。

屋外歩行の訓練解禁

爽やかな季節が通り過ぎ、梅雨入りも間近。この頃になると慎重派の山本先生は屋外で杖を使っての歩行訓練を始めました。

やっと外を歩けるんだと少し胸が躍りました。でも歩きやすい室内と外ではずいぶん勝手が違います。傾斜や起伏、わずかな凹凸も大きな障害物でした。少し歩いてはベンチで休憩といった繰り返しでした。

一方、ＯＴ（作業療法）の訓練はメニューが先へと進んでいきます。テレビスタジオのセットのような畳の部屋で、押し入れの布団の上げ下ろし。バランスボールを両手で頭の上に掲げ持ったまま、ヨチヨチと狭い六畳の部屋を一周。日常生活を想定した実践的な訓練です。

担当の松田先生はアイデアウーマンで、楽しくリハビリに励めるよう野球ゲーム感覚でリハビリ訓練をさせてくれました。ボール紙の枠に九分割のストライクゾーンを設けて、手製の的に布製のお手玉を投げ込む、といった的当てゲームです。元野球部の私は至近距離で全球ストライクを取るのはたやすく、「次は内角高め、次はスライダー」などと言ってずいぶん楽しんでいました。

スパルタの松田先生はすべてのメニューが終了しても杖を渡してくれません。いつもその場から車いすまで丸腰（杖なし）で歩かせるのです。バランスを取りながら数メートル先の車いすまでヨチヨチ歩きで向かうのですが、私はその瞬間が大好きでした。一つギアが上がったような気がしたのです。

そういえば、ＰＴ（理学療法）のある時、山本先生の代役で指導に当たった女性の先生に初めての腹筋運動を命じられました。腹筋にマヒはなく、昔から腹筋運動は得意だったせいか、無心にスピードを上げて難なく回数をこなしたら、終了時に「今日は楽しかったです」と先生に言われてしまいました。

意外な言葉に少し驚くとともに、障害を抱えた入院中の身なのに患者然として扱われなかったような気がして、それがうれしく外界にいるような錯覚を感じました。

コーヒー香る個室は憩いの場

個室に移ってしばらく経ちました。

夜は消灯時間の午後九時を過ぎても本を読んだりラジオのナイター中継を聞いたりして、多少の夜更かしが許されていました。病院食のメニューは意外とバリエーションが豊富で楽しみでもありました。残念ながら病院なのでお酒は許されていませんでしたが（笑）。

食後には紙パック入りのコーヒーをドリップして飲むのが日課でした。コーヒーの香りが室内に漂うのか、介助助手さんや掃除の小母さんが病室へ来ると、「ああいい香り。病室じゃないみたい。まるで自宅へお邪魔したようだわ」と言います。くつろいだ気分になれるのか、仕事の愚痴を話したり雑談をしていく助手さんもいました。病室はスタッフの人たちのちょっとした憩いの場になっているようでした。

部屋では、昼間少し疲れたと思った時も、なるべく横にならず起きているようにしていました。筋肉や筋力が落ちるのをできるだけ防ごうと思ったのです。寝ていると重力の負荷がかからず、筋肉量が低下するのを少しでも避けたいという素人なりの考えでした。

退院を前に秘密訓練

その年の東海地方は梅雨入りが早かったせいか梅雨明けも早い年でした。

神経難病のリハビリ入院は厚労省の方針で、最長でも半年間を超えることはできません。梅雨が明けると「退院」という現実が近づいてきます。

正直なところ、私はまだ退院するよりもここで徹底的にリハビリを続けたいと思っていました。しかし制度上、それは叶わないことなのです。

ただ、退院した以上は身の回りのことはある程度自分でできなければなりません。一番気になったのは、車の運転ができるかどうかでした。つまり、後遺症の残る足でブレーキペダルが踏めるか？　という問題です。

ある時、久しぶりに弟の龍二が車でやって来て、妻と三人で外の喫茶店でコーヒーを飲もうということになりました。そこで私は弟に頼んで、病院の敷地にある広い駐車場で運転席に座らせてもらいました。果たしてブレーキペダルが踏めるのか。

結果はＯＫでした。力の入りにくい左足に比べて右足は比較的自由が利き、強くペダルを踏み込むことができます。力加減のコントロールもできそうです。ギアをＤレンジに入れ、内緒で少しだけアクセルを踏み、そろそろと十メートルほど進んでみました。

「できた！」「これなら家に帰っても運転できそうだ！」

退院に向け、一番の懸案だった問題に少し光明が見えました。

初めての外出許可

ある日の午後、三重県内の妻の実家から義母と妹夫婦が来てくれました。なんと、実家の家族の猫二匹とラブラドール犬も一緒で、ドアを開けたら「撫でて！」とばかりにいきなり飛びついてきました。猫たちは「長い間何してたの？」と言っているようでした。

今日はナースステーションで一時外出の許可が出ました。初めての本格的な外出です。まずは義弟の運転する車で市内へ出ます。車の販売店へと向かいました。退院後の移動手段を考え、妻が手軽に乗りこなせるコンパクトカーに買い替えるためです。杖をつきながら「今、病院から出て来ました」と言ったら販売店の担当者は目を丸くして驚いていました。

ディーラーのはしごをした後、続いてやって来たのは回転寿司のお店です。病院内に閉じ込められていた私の希望を汲んでくれたのですが、何か月も忘れていた娑婆《しゃば》の味は格別でした。

義妹家族は普段買い物にも行けない私たちをいろいろと気遣ってくれ、妻と一緒にドラッグストアやスーパーを回り、生活用品や衣料品の買い物に付き合ってくれました。本当にありがたかったと感謝しています。

病棟の七夕会

梅雨明け間近の院内では七夕会が開かれました。

病棟の端の集会室で先生たちが楽器の弾き語りを披露したり、新人ナースさんが覚えたばかりの手話を披露して患者さんらの喝さいを浴びていました。

私は院内でもすっかり古株になり、車いすに乗って病棟のあちこちをわが物顔で動き回っていました。このところ行動範囲も広がり、調子に乗っていると意外な落とし穴がありました。

ある朝、突然強い便意に襲われ、車いすでトイレに急いだものの間に合わず失禁という大失態を演じてしまいました。多くの脊髄の患者さんが一度は経験している問題ではありましょうが、いざそういった局面に立たされると情けないやら、恥ずかしいやらで、筆舌に尽くしがたい心境になります。幸い、その時はやさしい看護師さんたちの適切な対応で事なきを得ました。

数年後にトレーニングジムで知り合った脊髄損傷の患者さんも、駅のホームで犯した同様の体験談を苦い顔で話していました。

普段、人にはあまり公言することのない、患者の皆さんが抱えている共通の悩みです。

炎天下の冒険　スパルタ訓練

七夕が終わるとすぐに梅雨明け。この年は猛暑でした。入院生活も卒業が近づくと動きが活発になります。

主治医の川上先生は、「歩くのは回復に良いからなるべく歩きなさい」と言ってくれます。病院の入り口付近にコンビニエンスストアが最近開店し、そこまでは病院の敷地と繋がっているので行っても良い、と言われました。

先々を案ずる妻は、「退院まであとわずかしかここに居られない」と回復の遅さを私以上に、強く心配していました。

翌日、明美が用意してきたのは、大量の保冷剤と額に巻く冷却シート。「炎天下でコンビニまで歩こう」と言います。ＯＴ（作業療法士）の松田先生と同様、妻もスパルタ派です。アイスノンを首と頭にしっかりと巻き付けます。明美は片手に保冷剤、もう一方の手には携帯用の折りたたみ椅子。リタイア時にも備えて完全防備でコンビニまでいざ出陣、となりました。

コンビニまでは病院の玄関を出て八十メートルほど。コンクリート舗装の上り坂で、道路脇には赤や黄色の夏の草花が咲き乱れています。でも生命《いのち》輝く原色を楽しむような余裕はとてもありません。

まず右手で杖をつき、次に左右交互に足を出し、重心移動を確認しながら亀のように歩を進めます。ブロックの継ぎ目やわずかな段差があると、もうひと苦労です。わずか八十メートルの距離を歩くのにどれだけの時間を費やしたでしょうか。この夏一番の炎天下で、介助する妻もさぞ大変だったと思います。

やっとコンビニの敷地に入ったところで膝の高さ程のブロック壁にへたり込んでひ

と休み。暑さと猛特訓で心臓はバクバクでした。

しばらくして、店内で飲料のペットボトルと洗剤を買い込んで、今度は帰り道。重い荷物の分だけ筋トレの追加となります。

それでも何とか病院の玄関にたどり着き、スポ根ドラマ顔負けの自主トレは終了。汗だくのヘトヘトでした。

後で理学療法士の山本先生にこの日の報告をしたら驚いていましたが、内心「やりすぎ！」と思っているのは明らかでした。主治医の川上先生は目を丸くしながらも笑っていました。

冒険その２　市バスで街へ

退院が間近になると様々な準備が始まります。ケアマネージャー（通称ケアマネ）さんが部屋を訪ねてきて、障害者手帳の申請やら自宅階段の手すりの取り付けなど、退院後の具体的な手続きを教えてくれます。主治医の川上先生は社会生活への復帰を見据えて、市バスに乗車する練習を勧めてくれました。つり革に掴まっての乗車、揺れやショックに対してどの程度耐えられるか、など体の状態を知っておいた方がよいとの考えです。

土曜日の昼過ぎ、外泊許可をもらって病院の前からバスに乗りました。妻の介助付きです。社会復帰への仮免許を手にして、世の中をのぞき見しているような気分でした。車内はすいていましたがあえて席には座らず、つり革を利用して立ってみました。するとバスの発車時やブレーキをかけた時、進行方向の揺れに弱いことがわかりました。つまり、つり革を手に横向きに立った自分の体が左右に振られると、大きくその方向に持って行かれそうになるのです。足の筋力が極度に落ち、体幹も弱っていたせいでしょう。

それでも何とかターミナルで別のバスに乗り継ぎ、自宅近くで下車。その先は徒歩二十分程度の下り坂なので、そこだけはタクシーで帰りました。

七か月ぶりのわが家はさすがに感無量でした。あの日、倒れた時そのままの状態のベッドで、その晩は穏やかな眠りに落ちました。

翌週もお泊まりトレーニングは続きます。今度はバスから地下鉄をひと駅だけ乗り継いで行きつけの美容院に行きました。駅からは平坦な道を五分程度。

担当の美容師の手島君は、杖をつきながら入ってきた私の姿を見て目を丸くしました。入院中にかかった院内の床屋さんでは、年配の理容師さんに要望がなかなか通じず、「短くしてください」と頼むとスポーツ刈りか、角刈りにされてしまうのです（笑）。ちょっと不満だった私はその時の話をすると、彼は、

「美容師冥利に尽きます‼　杖をつきながらここまで足を運んでくれて！」

と、涙をうっすら浮かべて感激してくれました。


街中アドベンチャーの最後は、夕方バスに乗る前にターミナル界隈で夕食を食べようとなりました。お店は横断歩道の向こう側。杖でヨチヨチ歩きの私が信号の変わる前に渡り切れるか心配で、妻の明美は終始ハラハラドキドキの連続だったと言います。入った店はどこにでもよくある百貨店のレストラン街。ごく普通の定食を二人で静かにいただきました。味もメニューも覚えてはいませんが、その時のことを書いていると、妙に懐かしく、なぜか泣きたいような甘酸っぱい感傷に包まれるのです。

最後の自主トレ・大冒険

退院が翌週に迫った金曜日、最後の大冒険にチャレンジしました。

以前、病室の窓から眺める度に「満開の桜の下を自分の足で歩いてみたい」と思っていた裏山の探索です。木々の間から小さな池がかすかに顔をのぞかせているのですが、うっそうとした茂みの先は未知のエリアでした。

真夏の陽光が都心の方角にゆっくりと傾き始め、病院の早い夕食にはまだ少し時間のある時分、妻と二人で雑木林の中に足を踏み入れました。

細い散歩道は荒れ放題。道の真ん中まで雑草が覆い、杖で木の枝を払っては前へ進みます。朽ち果てた看板には「ウォーキングコース」の表示があるものの、人の出入りはあまりないようです。杖を頼りに何度もよろけ、心もとない足取りでヨタヨタと歩みます。

すぐに息が上がります。それでもずっと憧れた散歩コースを踏みしめ、好奇心に駆られて進んでいくと十分ほどで視界が開け、展望台に出ました。眼下にさほど大きくはない隣町の住宅街が広がります。夕暮れとはいえ蒸し暑さは半端なく汗びっしょりでしたが、私は爽快な達成感を胸いっぱいに感じていました。

入院生活の最後に味わった卒業試験のようなこの体験は、とても自信になりました。

ついに退院

退院の日の午後、病棟は人気《ひとけ》も少なく静まり返っていました。病室で身支度を整えていると、八か月前にはウエストがきつくて苦しかったジーンズが二サイズほど緩くなっているのに気がつきました。入院中に体重が最大八キロも減ったのでした。

お世話になった看護師さんたちにお礼を言い、転院してきた時からずっと変わりのないのどかなロビーを抜け、そして病院の玄関を後にしました。

「病気は終わった。再発は絶対にない！」

家路を走るタクシーの車窓から見慣れた並木道を眺めながら、私は小さい声でつぶやきました。

灼熱の陽射《ひざ》しを受けて輝く緑濃い樹々たちも、この日ばかりは私の卒業を祝福してくれているようでした。

第二部

第4章　新しいステージへ　～リハビリの土俵は自宅&職場へ～

障がい者仕様

自宅に戻ると、やることはたくさんありました。まずは二階の居間やキッチンに上がる階段に手すりを付けてもらいました。介護のための工事に慣れている親切な業者さんでした。続いてトイレや玄関の手すり。しかしこれは妻が反対しました。理由は、「社会へ出たら街中で手すりの付いているトイレは少ない。社会復帰するためには特別扱いせず、普通の生活に慣れなければいけない」ということでした。明美らしい考えです。なるほどまさにその通りだと思い、業者さんには断りました。

また、市バスや地下鉄に無料で乗れたり、様々な特典を受けられる障害者手帳を取得できるとケアマネージャーさんがアドバイスをしてくれていたのですが、これも結局申請しないことに決めました。なぜなら、バスに乗って手帳を取り出す度に「自分は障害者なんだ」という思いが自然と頭にインプットされてしまうような気がしたからです。「リハビリで最終的に目指すところは、杖にも手すりにも頼らない普通の生活である」という志に曇りが生じてはいけないと考えたのです。

通院とリハビリ

通院リハビリは近所の病院の整形外科で週二日。さらに郊外の大学病院にある運動療育センターも訪ね、週一回プール歩行や筋トレをすることにしました。

初めの頃は通院に妻も付き添ってくれました。リハビリ後の帰宅途中、あまりに私の歩きが遅いので、暑さの中、後ろで重い荷物を持ってくれている妻と思わず口喧嘩《くちげんか》になってしまったこともありました。

歩行練習中のプールでは、泳げるかどうか試そうと平泳ぎのカエル足を蹴ってみたら、股関節が外れたかと思うような痛みが走り異常なほどの体の硬さを痛感しました。

これまでのリハビリ病院にも月二回は診察に行きます。入院中は山盛りにあった薬の量もずいぶんと減りました。しかし、太腿の突っ張りは相変わらず強いままです。

通院で妻が運転できるようにと、小さな乗用車に買い替えました。ですが、ペーパードライバーの妻は練習が必要。私が助手席に乗って近所の道路をぐるぐる走る在宅教習が毎夕続きました。

ある日のこと、いつものように坂道の三叉路の交差点に差し掛かりましたが、一時停止の標識にもかかわらず、平気でそのまま通過してしまいます。「おいおい、今、何で止まらないの？」と言ったら明美は「何？　何で止まるの？」とあっけらかんとして聞き返します。「ここは〈止まれ〉だぞ」と言うと、悪びれる様子もなく「そうなの？」と屈託のない言葉が返ってきました。

「これは早く自分がしっかりしないと」

運転も早期復帰の必要性を痛切に感じました。

というわけで私自身もドライバーへの復帰を急ぎました。病気で障害が残ると、運転免許証の特別な手続きが必要なケースがあるというので県の運転免許試験場へ出かけ、病名と症状のことを正直に話し、運転してよいかどうか尋ねました。係官は、ヒアリングの後、私に屈伸運動を二～三度やらせた結果、運転には差しつかえないと判断し、簡単にOKを出してくれました。

快気祝い

見舞いに来てくれた大勢の人たちには快気祝いをしなければなりません。都心の繁華街へ出かけ、百貨店で香りのギフトセットを選びました。人混みの中、売場で長居して買い物するのはかなり疲れましたが、これも日常復帰のリハビリになりました。

真っ先にお礼をしたのは健太郎君でした。職場の部下で急性期の頃から誰よりも数多く病室に足を運んでくれたのが彼でした。ある晩、地下鉄駅沿いの居酒屋で妻も一緒にお礼の席を設けさせていただきました。この夏の人事異動で職場を変わったばかりでしたが、入院中の様々な思いを口にするうちに、私は感謝の気持ちがこみ上げ、不覚にも嗚咽《おえつ》を止められませんでした。

また、横浜から弟家族を実家に呼び、父が親子三家族で退院祝いを催してくれました。認知症を発症し始めていた高齢の母は、病院での感染のリスクを避けるため一度も見舞いに来られず、母とは八か月ぶりの再会でした。

初めての遠出と運転復活

妻の妹夫婦と義母のいる三重県内の実家へも遠出できました。リハビリ教習（笑）を終えたばかりの妻の運転です。

私のリハビリは旅先でも欠かさず、居間で絨毯の上に横になってストレッチを始めたところ、義母が飼っている二匹の猫たちが近寄ってきて隣で寝転がりました。そして私と同じように、手足を広げたり体をひねったりしてストレッチの真似をし始め、皆の笑いを誘っていました。今なら動画をＳＮＳにアップする格好の素材です。たくさん「いいね」がもらえたと思います。この猫《こ》たちは病院の駐車場で会って以来二か月ぶりでした。

夕食の時に義弟が「こんなに早くウチに来られるとはねえ……。早くても年末かお正月頃かと思ってたよ」と感慨深げだったのが印象に残っています。

一泊して翌日、帰り道の夕暮れの県道。交通量も少なかったのでハンドルを握らせてもらいました。おっかなびっくりでソロソロとアクセルを踏み込みます。特に問題なし。ブレーキもスムーズに力を入れて踏めます。オートマチック車ならＯＫ。力が弱い左足でクラッチを踏む必要がないので助かりました。以前乗っていたマニュアル車だったらスムーズにクラッチを繋げなかったと思います。

時おりすれ違う対向車のライトを気にしながら直線の道路を十分くらい走ったでしょうか。無事運転できたことに少し安心して、この夜はハンドルを妻に返しました。

断捨離で新たなステージへ

退院を機にもう一つ始めたことがありました。断捨離です。

長い間着ていないのにクローゼットを占領しているジャケットやシャツ、古い書物や捨てられなかった雑誌、無用の食器や組み立て家具。空き部屋に押し込まれていたたくさんの物を一掃しました。

「病気は終わったこと」と過去を断ち切り、新しいステージに入るという区切りを日常生活のうえでも何か形にして表そうと思ったのです。

思い切って断捨離したものの中には大きなガラクタや重い荷物もありました。久しぶりの運転で車を何十分も走らせ、リサイクル店のはしごもしました。まだ残暑の厳しい中、病み上がりの私には重労働でした。全身の筋肉は落ち、筋力も大きく低下していることを身に染みて知らされました。

作業は数日間にわたりましたが、それでも完遂した時は何か心が軽くなったようなすがすがしい気分になりました。

玄関前に植わっているヤマボウシの木にも朝晩は涼風が通り始め、季節も新しいステージへと確かな移ろいを予感させていました。

十か月ぶりの出社

夏の陽射しも和らいだ九月下旬の日曜日。午後のことです。

私はガラケーを手にバス停まで歩きながら所要時間を計っていました。十か月ぶりの出社を明日に控え、通勤のリハーサルにトライしました。もちろん杖をついてです。以前は五分で歩けたところが今は倍近くかかります。果たして自力で会社までたどり着けるかどうか、大冒険でした。

久しぶりの会社は日曜日だというのに大勢の社員が出社していました。番組内で震災の被災者を傷つける不適切な放送があったため社内は大揺れに揺れ、全社を挙げてその原因解明と今後の防止策に取り組んでいる真っ最中でした。

職場でうろうろしていると、隣の部署にいた役員の祖師谷さんが私の姿を見つけこちらへやって来ました。私の両手を取って握手し、「よかったな！　復帰おめでとう」と大きな声で喜んでくれました。短い会話でしたが、口下手な祖師谷さんの気持ちはしっかりと伝わり、私の心は感激でいっぱいになりました。

職場リハビリ

復帰した職場は総務局付。しばらくは社内でもリハビリ期間という扱いです。最初の一か月は時短勤務で午後二時まで、次の月は午後四時までと徐々に体を慣らしていきます。幹部の皆も腫れ物に触るように気遣いしてくれ、大部屋の隣に私の席が用意されました。管理職の室長が一人で執務している静かな別室にです。

特段これといった仕事もなく、何か手伝うことはないかと再三聞くのですが、全社が不祥事対応に明け暮れているさ中、私のリハビリ用にあてがう都合の良い仕事が見つかるはずもありません。私は暇に飽かせて、床に引かれた一本の線上を真っ直ぐに歩く「継足歩行《つぎあし》」の練習をしたりしていました。おかげで通院時の診察で、主治医に「ずいぶん継足が上手ですね」と褒められました（笑）。

これがホントの「職場リハビリ」なーんちゃって。

通勤の苦労は人知れず

しかし、通勤時の苦労は想像以上でした。杖を持っているためバスの座席には大体座れるのですが、頻尿の後遺症は思っていた以上でした。会社に着くまでに突然の尿意は容赦なく襲ってきます。乗車した直後でも、混んでいても、歩行中だろうが関係ありません。途中下車してコンビニを探し、時には地下鉄の駅に駆け込み（走れませんが）、あるいは目に入ったオフィスビルに無断侵入するなどして、必死でトイレを拝借しました。

最初のうちは慌てることの連続でしたが、そのうちに通勤途上にはどこにコンビニがあり、どこにトイレを拝借できる建物があるか、といった情報がインプットされていきました。今ではトイレマップが作れるほどです。本書の次回作で地図を発行しようかしら？『すわ、緊急時！　困ったときのトイレマップ（名古屋版）』（笑）。

ところで、この切迫した尿意は私が思うに、頑張って歩くと筋肉の緊張が高いため全身に必要以上の力が入り、腹圧がかかって膀胱を刺激するからではないかという気がします。医師に言われたわけではなく、長年の体験から感じている個人的な素人分析なのですが、脊髄障害を抱える皆さまはいかがでしょうか？　よろしければ、ご意見をお聞かせください。

多くの人々に支えられ

職場復帰してひと月ほどが経過。外出する時は歩くことだけに神経を集中します。周りを見る余裕はありません。

ある時、自宅近くの路地でお隣のご主人とすれ違うことがありました。遠くから近づき、顔が分かる距離まで来た時、笑いながら「あ、伊藤さんでしたか？　どこのお爺さんかと思いました」と冗談を言われました。少しショックでしたが、変に障害者扱いせず率直に感じたままをジョークにしてくれたことにうれしさを感じました。

会社の人たちの温かな思いやりにもつくづく感謝の思いです。

快気祝いのささやかな飲み会を有志の人たちが開いてくれました。発起人は何度も見舞いに来てくれた県立大学の田中先生で、妻にも声がかかりました。集まってくれたのは社内各部署から、昔の職場の上司や先輩、後輩、部下たちです。和やかな雰囲気のうちにあっという間に時間が過ぎましたが、退院後初めての公の飲食会に、また一つ社会復帰の階段を上ったような気持ちになりました。

もう一つ、忘れられないことがありました。その日は季節遅れの台風がこの地方に近づいていました。時短勤務で退社する頃には風が強まり雨も降り始めました。私が右手に杖、左手に傘とバッグを持ち会社の入り口を出たところ、玄関脇の車止めにいた車両室のデスクが突然私を呼び止めました。何かと思い近寄ってみると、彼は常駐待機中のタクシーに私を連れていき、「危険だから今日はこれで帰りな」と言ってチケットを一枚手渡してくれました。彼もどちらかと言えば日頃は無愛想な、口数の少ないタイプなのですが、その時は彼のやさしさに感激し涙が出そうになりました。

改めて当時のことを振り返ると本当にいろいろな人たちに支えられ、助けられて現在《いま》があるのだなあとしみじみ思います。

妻も職場復帰

そんな折、思いがけない話が妻に入りました。仕事復帰のオファーです。

妻が以前働いていた会社の上司から、職場に欠員が出たので契約社員として来てくれないかということでした。

その会社は広告代理店で、仕事の内容は営業現場から集まった新聞広告の原稿を最終的に新聞社に送稿する業務です。残業も多い仕事で、病み上がりの私の介助もある中、この話を受けるべきか否か妻は迷っていました。

私は「それがやりたい仕事なのだったら、そして、社会に出て生き生きできるのならやってみたら！」と背中を押してやりました。あの献身的な看病漬けの日々を思うと、早く私の病気から解放してあげたい思いもありました。

それにしても、妻の上司は私も顔見知りなのですが絶妙のタイミングで連絡してきたものです。後で耳にしたのですが、私の会社とは仕事上のつながりもあり、さりげなく私の職場復帰の情報を仕入れていたようです。

ともあれ、期せずして私たちはタイミングを同じく職場復帰を果たすことになりました。

発症から一年

師走に入ると、部屋にポツンといる私のところにいろいろな人たちが訪れるようになりました。年明けに行われる人事異動を見据え、わが部署に来ないかという各職場の長からの打診でした。どれも心ひかれる話でしたが、希望通りに叶えられるわけではなく最終的に決めるのは会社です。

発症からまる一年。生死をさまよった頃のことを思うと、よくまあここまで回復したものだという気になります。でも本格的な復帰はこれからです。

年の暮れはゆっくりと過ぎ、自宅のソファに座って眺めるヤマボウシの紅葉は、枝先に数枚を残すほどになっていました。

思えばこの一年は大海の渦に翻弄された小舟のような激動の日々でした。これまで生きてきた五十五年間の中で最も過酷な一年でした。

当たり前の日常生活を過ごせることがどんなに幸せで、素晴らしいことでしょう。長い入院生活を終え、自宅に戻ってそのありがたさを心から噛みしめました。

去年は病室で夫婦二人、心細く過ごした大晦日も、今年は除夜の鐘を聞きながら穏やかに年を越せました。

第5章　社会リハビリ始まる　〜本格的に職場復帰〜

平成24年（二〇一二年）

新しい職場で新年スタート

正月明けの一月四日、私は本社ビル隣の別館に出社しました。一月一日付の人事異動で新しい職場は健康保険組合に決まりました。

十三階の事務所のドアを開けると懐かしい面々が目に飛び込んできました。報道部時代の先輩記者、タイトルデザイナー、そして経理担当者。皆それぞれ、かつての職場で一緒に働いていた仲間たちです。

両側をガラス窓で囲まれた角部屋の事務所は、遠く南と西に街並みが見渡せる気持ちの良い部屋でした。騒々しい本社社屋とは違って流れる空気も穏やかで、私はこの環境で本格的に社会復帰を果たそうと決意を新たにしていました。

いきなり残業の日々

ここでは職員の数が少ないため、管理職も役員もプレーイングマネージャーです。着任早々、新年度の予算編成の仕事を抱え大わらわの状態でした。五月に常務理事が退任し後任を私が引継ぐため、実務は最初からすべて自分で覚えなければなりません。新年度の事業計画を審議する理事会・組合会までの一か月間で予算編成から議案準備まで、することは山積しています。

「こんなはずじゃなかった。健保組合ってもっと楽な職場だと思っていた。ゆっくり病院通いをしながら仕事に慣れようと思っていたのに」

ところがそうは問屋がおろしませんでした。考えが甘かったことを思い知りました。

そもそも、健保組合というのは、母体企業とは別組織の法人で、業務に使う専門用語も会計処理の仕方も一般の企業とは異なるため、普通でも新しい職員は慣れるのに大変なのです。ましてや着任早々、いきなり最大の難題が待っているとあって苦労は推して知るべしです。

このように社会復帰のリハビリ第一歩も意に反してスパルタでした。

まさに「五十五の手習い（笑）」。連日の残業をこなしながら兎にも角にも最初の大仕事を何とか乗り切ると、季節はもう水温む時期となっていました。

苦労は続く　ハラハラ通勤ヒヤヒヤ勤務

職場復帰してもまだ杖は手放せず、歩く速度が遅いため人混みでは流れについて行くのがひと苦労です。週二回のリハビリの効果もすぐには期待できず文字通り牛歩のごとくです。特に階段の上り下りともなればなおさらです。

妻の出勤時間は私より早いのですが、たまに一緒のバスに乗り合わせることもありました。終点で一緒に降りて、私は階段を地下に向かっていくのですが、下り切るまで明美はじっと上から足どりを見送ってくれていたそうです。杖をつきながらのヨタヨタぶりに、「転ばないだろうか」とハラハラ、ヒヤヒヤしていたと言います。妻は最近、その時の心境をこのように明かしました。

通勤時の頻尿問題は相変わらずですが、問題はそれだけではありません。入院中と同じように排便に長時間を要します。そのため毎朝一時間くらい早く起きなければいけません。また、入院時から続いていた排便後のお腹の不快感はお昼頃まで続くことがしばしばありました。そのため時にはランチの約束をドタキャンすることもありました。

歩行障害と排泄障害、この二つを抱えての社会リハビリはそれからも続きました。

リハビリ促進は職場環境にも恵まれて

春になるとリハビリ外来の通院先を変更しました。

主治医の川上医師が週一回出張診療をしている民間病院で、家からは車で十五分くらいの住宅街にあります。そこは若い理学療法士さんが多く、活気のあるリハビリ施設でした。平日の仕事終わりと土曜日の週二回。そして日曜日に大学病院のリハビリセンターで行う自主トレもまだ続いており、合計週三日のスケジュールは変わりません。しかし、まだリハビリの効果は実感できず、ひたすら訓練メニューをこなす日々が続きます。

この頃から私は社屋内では杖を手放し、少しずつ杖に頼らず歩くことにチャレンジを始めました。そして職場では新米常務理事の私も徐々に仕事に慣れ始めていました。業務が忙しいのは相変わらずでしたが、これまでと違い、嫌なストレスはありませんでした。

健保組合は医療費支払いの他、加入者の健康維持のため健診や広報などの保健事業を行うのがおもな業務ですが、営利を追求する法人ではありません。つまり、営利企業のように極端に数字に追われることがないのです。

これまで売り上げや視聴率、特ダネ合戦といった過度な競争の世界に身を置いてきた私には天国のように思えました。事務的な作業にいくら追われようとも、物理的な残業がどれだけあろうとも、そんなことはストレスのうちに入りません。病み上がりの私が社会復帰するには最良の環境でした。

進む社会復帰は頻尿不安と二人三脚

夏場には重病を患った愛猫の治療のため、義母と猫を妻の実家から呼び寄せる中、肺炎で体調を崩した父の逝去という大きな試練がありました。両親の介護を一緒に助けてくれた弟夫婦、親戚の方々やお寺さん、斎場、役所や司法書士、業者さんに至るまで多くの人たちに助けられました。世の中の様々な人と関わり、時には力を借りた経験も私にとっては社会への完全復帰に向けた一つの階段であると感じました。

社会復帰は進み、出張にもしばしば出かけました。おもに東京と大阪で、時には地方への遠出もあります。秋には泊まりの出張も無事こなしました。もともと出張は好きな方ですが、ただ、やはり頻尿問題は常に頭を悩ませました。列車に乗る前には必ず用を足しておきます。常に尿意のやって来る時間を予測しながら、駅の改札や乗車のタイミングを上手く計るのです。やっかいで面倒な作業です。こちらのストレスは遠出の機会が増えても、その後ずっとついて回る問題でした。

発症時の晩秋は鬼門、体調注意

主治医の川上先生には毎週リハビリ通院の度に診察を受け、年に一～二度はＭＲＩの検査で、再発のないことを確認します。

秋が深まったある日、私は目や頭に少し違和感を覚えることがありました。幸い検査結果に異常はなく、症状も一過性でホッとひと安心でしたが、社会復帰を急ぐあまり体に負担をかけ過ぎ、疲れが溜まったのかもしれないと思いました。

今回の異変で川上先生は「脊髄の病気では、過度な運動や疲労、そして気温などの影響を受け、再発していなくてもつっぱり感や痺《しび》れなどの症状が強くなることがあります」とも言っていました。

皆さんはそんな経験はおありですか？

確かに私はその後もこの季節はあまり得意ではありません。

愛猫と一緒のリハビリタイム

治療のため義母と一緒に自宅に身を寄せていた愛猫が天に召されました。年末のことでした。

すい臓を患っていた小さな猫《こ》を、出勤前か帰宅後に車に乗せ動物病院に連れていくのがここ数か月の私の日課でした。病院に行く時は二階から両腕に抱いて階段をゆっくりと降りていきます。両腕に力を込めて猫の体に圧力がかからないようにフワッと包み込みます。手すりをつかめないので全神経を両足に集中して一段ずつゆっくりと降ります。気がついたら、その子がジッと私の顔を見ていました。すべてを委ねたような安心しきった表情に思えました。その私を心配そうに見ていた妻の明美は、その時の私の顔が何とも慈しみに満ちた表情だったと笑っていました（小さな猫の体を守ることで頭の中がいっぱいだったのでしょう）。

猫の名前は「クー」。推定十歳の雌です。やさしい義母に看取られての穏やかな旅立ちでした。クーは幸せだったと思います。

今思うと猫を抱いての階段の上り下りは、思いがけない立派なリハビリトレーニングだった気がします。体を張ってトレーニングの相手をしてくれた猫のクーに感謝です。

第６章　さらなるリハビリとステップアップ　～感覚つかむ～

【前編】

無事生還から三度目の新春

平成25年（二〇一三年）

厳寒の中にも窓から眺めるヤマボウシには、枝に隠れた固い芽の奥に小さな春が眠っています。

難病発症から二年が過ぎ、すでに歩く時は杖を手放していましたが、まだ思うように歩けたと実感することは一度もありません。

スムーズで自然な歩きを妨げている一番の原因は、太腿の強い張りです。症状を和らげる筋弛緩剤はまだ飲み続けています。

「この張りさえ和らげばもっと歩けるようになるのに……」

何度このように思ったか知れません。太腿の張りと言ってもなかなかピンと来ないかもしれませんが、例えて言えば、「スキーで急斜面を滑っていて、コブに飛ばされて次第に上体が遅れ、後傾になった時に感じる太腿の張り」と同じです。この説明が最も的を射ていると思います。

驚きの歩行　人体のメカニズム

お昼時に職場の人たちとランチを食べに外出しても、みんなの歩くペースについて行くのはなかなかエネルギーのいる仕事です。無理にペースを合わせると、歩行のリズムやタイミングがずれて、自分の歩きが崩れてしまいます。

道を歩く時は歩くことだけに意識を集中します。

「片足を前に出してかかとから着地して、重心は体の真ん中に。お尻の筋肉を使って体重移動。後ろの足の前足底で蹴りだして重心を前へ移す」

一連の動作ができているか頭の中でチェックしながら歩きます。周りや横のウインドウを見ている余裕などまるでありません。よそ見すればたちまちバランスを崩してよろけてしまいます。

普通の人は歩く時に何も考えずこれだけの動作を無意識にこなしているのです。意識せずとも自然にできているのです。

人間の体とはよくまあ、これほどまでに精密にできていて、複雑で微妙な動きが脳からの信号ひとつで、いとも簡単にできてしまうものだと感心します。ロボットにはとても真似できない超ハイレベルのメカニズムです。歩くという行為はある意味ひとつの奇跡だと思います。

キリスト教の聖書ではありませんが、もし仮に、この宇宙や人間を創造した大いなる意志というものが存在するならば、神様は最高のエンジニアだとつくづく思いました。

それでも久しぶりに会った人には「伊藤君、ずいぶん歩けるようになったね。去年一緒に飲みに行った時より断然良くなっているよ」と言われたりします。そんな言葉に、少しずつは前進しているのだなと少しホッとしたりもしました。

とは言っても、私の走る姿はぎこちなく、まるでロボットの「アシモ君」のようだと、いつも妻に笑われていました。走る時は歩く時と違って、着地はかかとからではなく前足底から着くのです。太腿の張りが強いとそれがスムーズにいきません。なめらかに全力疾走することが私の究極の目標でした。

社会復帰と広がる活動範囲

平成26年（二〇一四年）

一方、仕事の残業は、相変わらずかなりの量でしたが、ストレスのない職場なので一向に苦になりません。取引先や業界の知り合いも増えて面白みも感じ始めています。仕事面での社会復帰は歩行のリハビリより一足先にほぼ全面達成といった状況になりました。

プライベートで出かける機会も増えました。知人のピアニストのコンサートやロックのライブ。元同僚の主催する芝居に自宅でのホームパーティー。友人との飲み会も増え、次第に以前の活動レベルに戻ってきました。

でも、飲んだ翌日は決まって上手く歩けません。太腿の突っ張りが特に強く、重心移動やバランスも悪いのです。おそらく飲んだ後は、酔いにまかせて良くない歩き方で無理やり長めの距離を歩いたりするせいではないかと思います。

アフター6のトレーニングジム通い

顕著なリハビリの効果は未だ実感できないまま、トレーニングジムに通い始めました。会社の近くで仕事帰りに夕方六時半から二時間ほど。繁華街のクリニックに併設されたジムでトレーナーがマンツーマンで指導してくれます。足や下半身に加え、上半身や腹筋など全身の強化も入ります。ストレッチも込みです。

これまでのリハビリに比べると本格的な筋トレでトレーナーの指導も適度に厳しく、気分も新たに取り組むことができました。週二回のジム通いと週一回の病院外来のリハビリから帰るといつも午後九時過ぎ。夕食はそれからという忙しい毎日になりました。

脊髄障害専門のジムに〝入門〟

平成27年（二〇一五年）

続いて翌年の初夏、脊髄障害のある患者を専門にした高度なトレーニングジムが都内にあるのを妻がインターネットで見つけて、二人で訪ねることにしました。ここは米国の最先端の設備や理論を導入した日本初の専門ジムで、脊髄を損傷して車いす生活となったスポーツ選手や、先天性の疾患で歩行障害のある重症の患者さんたちがリハビリに励んでいます。広いトレーニングルームには最新鋭の機具が並び、患者一人に二人のトレーナーがつきっきりで訓練に当たっています。

私は応対してくれた責任者と担当のトレーナーに脊髄障害を患ったいきさつを話し、リハビリの目標は「スムーズに走れること」で、「野球とゴルフをもう一度できるようになりたい」と希望を伝えました。

トレーナーは、「前太腿の緊張が高くて上手く歩けないのなら、太腿の裏側を徹底的に鍛えて歩行を改善しましょう」と提案し、明快にリハビリの方針を示してくれました。

スタッフは皆若く、現場は活気に満ちていました。トレーニングは厳しく肉体を追い込んでいくようですが、それは望むところです。

ここ最近は目に見えたリハビリの効果がなかなか実感できず、もどかしさを感じていた私はすぐさま入会しました。訓練料金は、最先端のマシンや本国施設直伝の技法を採り入れ、トレーナーとアシスタントの二人体制となるため、一般のトレーニングジムよりはかなり割高です。でも自由に歩ける喜びはお金には代えられません。

【後編】

ハード・トレーニング・ハード

トレーニングは三か月に一度上京し、一日三時間ずつ三日連続で受けることにしました。ちょっとしたミニ合宿気分。野球でいえばミニキャンプ、とでもいったところでしょうか。

ジムの場所は都内江東区の商工業地区。近くには江戸の下町情緒の残る商店街も点在します。夏には花火で賑わう隅田川もそれほど遠くではありません。初夏の陽ざしを浴びて交差点を行きかう人々の表情は生き生きと活気に溢れています。皆それぞれに様々な人生を背負っているのでしょう。

以前、東京勤務で何年か都内に住んだこともある私は、結構楽しみなリハビリ行脚でもありました。

さて、トレーニングは初日からハードを極めました。簡単な体力測定をした後、様々な器具やマシンを使って一セット十五回程度の単純な筋トレを何セットも繰り返します。セット間に休む時間はとりません。おもに体幹や足回りの筋力を中心としたメニューが続きます。すこぶるハードです。

トレーナーの澤さんはアスリート系の体育女子。ちょっと天然なところがスタッフの間ではいじられキャラですが、親身になってとても熱心に指導してくれます。

休憩する間もなく次々とマシンを移動し、バランス保持やウエイトトレーニングなどの趣向を凝らしたメニューが登場します。さらに、強い振動や電気信号で筋肉に刺激を与え、肉体に本来の動きを取り戻させる先進のマシンも使います。

またサッカー選手がするように、縄ばしごを床に広げて様々なステップを踏む、ラダートレーニングもメニューにありました。

こうしてあっという間に三時間が過ぎ、終わった時には汗びっしょりで体はヘトヘト。全身が筋肉疲労で満足に動きません。宿泊先のホテルへの帰り道、玄関前の歩道橋までたどり着きましたが、階段を上ることとさえままならない状態です。時間をかけて休み休み、やっとの思いのチェックインでした。でも、気分はとてもさわやかで満足感に満たされていました。

ホームワークは自主トレメニュー満載

三日間のミニ合宿から家に帰ると宿題が待っています。澤トレーナーが自宅でのトレーニングメニューをいっぱい作ってくれたのです。太腿裏、ふくらはぎ、大臀筋、腸腰筋、大腿直筋などの部位別と、筋力、瞬発力、ストレッチなど目的別に分けた二パターンのメニューが一日おきに用意されています。自宅で毎日行いながら週二回のジム通いでもこっそり自主トレを敢行しました。パソコンのエクセルシートでメニューの一覧表を作り、バランスボールの上で毎日の実施状況をチェックしていたら、ジムのトレーナーに「やる気だね！」と冷やかされました。

だって何しろ、東京のミニ合宿通いには費用がかかっていますから。

結果を出さなくては!!

大リーグボール養成ギブス

平成28年（二〇一六年）

ミニ合宿も回数を重ねる毎に厳しさ全開となります。ある時、全身に金属製のバネの入った奇妙なジャケットを着せられました。手や体を動かそうとすると不自由で、バネの強度に逆らって大きな力を入れなければ自由に動きません。まるでアニメの「巨人の星」で星飛雄馬が着けていた「大リーグボール養成ギブス」です。

トレーニングはこれを着けたまま、大量の水の入ったポリ袋の容器を左右にパス＆キャッチします。次に容器を両手で頭上に掲げたまま、床に膝立ちで片道三十メートルほどのコースを往復します。まさに地獄のスパルタ訓練。これほどしんどい訓練は高校の野球部の練習以来です。

笑顔で次々と過酷なメニューを指示するトレーナーの澤先生が、鬼の星一徹（飛雄馬の父）に見えました。今では学校やスポーツ界で禁止が常識となっている、あのうさぎ跳びの日々を思い出しました。

ここでのリハビリは厳しいだけではありません。メニューには遊び心もあります。

室内ながら硬式球を使ってアシスタント君相手にキャッチボールをさせてもらいました。なぜか部屋にスタッフの知人で元ヤクルトスワローズの五十嵐亮太投手の愛用したグラブが置いてあり、ちょっと使わせてもらった楽しいひと時でした。しかしスローイングの時も下半身は安定せず、フィニッシュで体重を左の腰に乗せることができません。いわゆる手投げになってしまうのです。野球は素人の澤トレーナーにもしっかりとその点を指摘されました。さすがです。

打撃練習もあります。室内ネットに向かってのトスバッティングです。チーフ格のトレーナーがクリケット競技の女子全日本代表選手で、練習の相手をしてくれました。バットを振るのも股関節に負荷をかける立派なリハビリです。

リハビリメニューの遊び心はさらに内野ノックへとエスカレートします。アシスタント君が床に転がすゴロを捕球して素早く投げ返します。連続で休みなしの二十本ノック。倒れそうになるまで続きました。

正面に来る強いゴロは簡単なのですが、ギリギリの遠くへ転がされると初動が遅く、足運びが緩慢で追いつけません。やむを得ず「エイッ」とダイビングキャッチすると、周りから「オーッ」と歓声が上がります。でもこれはファインプレーでも何でもありません。第一歩が遅れたための凡プレーで、見栄えが派手に映るだけなのです。

フラフラになりながらも、こんなスタッフの思いがけないプレゼントに私は大満足でした。体はヘトヘトでもその顔は充実感で輝いていたと思います。

定年と健保の仕事

そしてその年に私は満六十歳を迎え、最初の定年を迎えました。しかし、出向元の会社の再雇用制度で、そのまま六十五歳までは働けます。職場も仕事の内容も、そして役職や責任の重さも今までと全く同じで何も変わりません。ただ、給料だけが半分近くに減りました。

よく世間では、「再雇用って、仕事の量が変わらないのに給料だけが減って割に合わない」という声を聞きます。確かにそうだと思います。

ただ、今のご時世、超高齢化・少子化社会がますます進行しています。労働人口を維持したい国や政府と、不透明な経済状況の下、人件費を抑えたい企業の思惑が相反し、その狭間で、私たち定年組の身の上に社会の歪《ひず》みが不条理な形となって表れているのだと思います。世の中の仕組みが変わっていく過渡期の現象として、やむを得ない面があるのかもしれません。

私は個人的には、「これまで長年の会社勤めは、比較的良い待遇で働かせてもらい、さらに取材や番組制作の仕事を通して通常では会えない人に出会え、普通では味わえない苦労と喜びを経験させてもらった」という感謝の思いがあります。脊髄を患うという代償（？）もありましたが（笑）。

ですから定年を迎えた今、恩返しの気持ちもあって、給料が下がっても前向きな気持ちで再雇用期間も働いてみようと思いました。

ただ、前にも述べたようにストレスのない職場で仕事にやりがいを見出せているからこそ、という面があったのも事実ですが。

スマホのゲームキャラ探しで実感！「歩けたぞ！」

東京のミニ合宿通いも一年を超えようかという秋の日。当時夢中だったスマートフォンのゲームで、登場するキャラクターを探しに夫婦で市内の公園へ出かけました。

紅葉にはまだ早い、スポーツたけなわの時分です。モンスターを〝ゲット〟しながら園内の小道を散策していると、初めての感覚にとらわれました。

「そうだ。以前はこんな感じで歩いていた。歩けている！　確かに。この感覚だ！」

しかしそれは一瞬のことで、その感覚はすぐに消えてしまい、その後、家に帰っても翌日にはまた元の感覚に戻ってしまいました。

まさに〝三歩進んで二歩下がる〟です。やはり川上先生が言うように脊髄障害の後遺症は年単位でゆっくりと気長に回復していくのでしょう。

しかし、たとえわずかな時間でも、初めて満足のいく歩き方ができたことは遠くに希望が見えたような気がしました。一瞬とはいえ、病気になる以前の歩き方をわずかに思い出した記念すべき瞬間でした。

たぶん、他人にはなかなか分からない記念日です。

ちなみに、太腿の張りは相変わらずあるものの、ずっと飲み続けていた筋弛緩剤はこの年限りで服用をやめる決断をしました。次のステップへ踏み出す勇気を出そうと思ったのです。

リハビリ人生に魔法のスパイス、六十代のスタンド・バイ・ミー

人生六十歳間近になると学生時代の同窓会の話が急に多くなります。

私には中学時代からずっと友達付き合いを続けている三人の親友がいます。社会に出て仕事盛りになり、責任が重くなるにつれ、皆で集うのも年一回程度に減っていました。ところが久しぶりに同窓会で四人揃い、少年時代と変わらない楽しいひと時を分かち合って、また定期的に集まりを持つことになりました。二か月おきの会食です。

少年時代の僕たちは、映画『スタンド・バイ・ミー』のような、遊び心あふれる冒険仲間でした。大人になり仕事や生活に追われ、心身が疲れることがあってもひとたび顔を合わせれば時を越え、立場や肩書を越えて瞬時にわかり合える、そんな素晴らしい連中です。

酒を酌み交わしながら私は、発症の経緯を説明し、今も残る排尿排便障害に至るま

で、闘病の一部始終を彼らにすべて話しました。年寄りの病気自慢というわけではありませんが、仲間の一人も持病を抱えて会社勤めをしている苦労話を披露し、「オレは病気のデパートだ（笑）」と自虐ネタのギャグで皆を笑わせました。

最後に別の仲間がしみじみ言葉にしました。

「皆それぞれ、何か不具合を抱えながら生きているんだなぁ……」

トーク番組のMCのように彼が綺麗にまとめてその場はお開きとなりました。この歳になると、確かに誰しも持病や病歴のひとつふたつは抱えているものですね。

でも彼らのような素晴らしい仲間の存在は、私のリハビリ人生に活力と潤いを与えてくれる魔法のスパイスのような気がします。

ついに実現！　念願の復帰初ラウンド

平成29年（二〇一七年）

健康保険組合の業務に、各地の職場を訪問して検診をするという仕事があります。

岐阜県の高原にあるゴルフ場もその一つで、毎年、初夏の頃に医療技師の人たちを伴って訪れます。ゴルフ場の朝は早く、検診は午前六時半から始まります。九時頃には作業はすべて終了し、この日は梅雨入り前で天候も良く、帰る前に半ラウンドだけコースを回ろうということになりました。加盟事業所の事業状況を知り、社員とコミュニケーションを図るのも広い意味で大事な業務です。

標高一四〇〇メートルにあるこのゴルフ場は手前に木曽の山々、遥か先には北アルプスを望むスケールの大きな山岳コースです。

私はコースでクラブを握るのは実に七年ぶり、退院以来初めてです。練習場で少し球を打ったことはありましたが、本コースでのラウンドは不安がいっぱいです。起伏のあるコースをまともに回れるのか？　左右のラフや崖に打ち込んだら登れるのか？　9ホールが終わるまで尿意は大丈夫か？　一緒に回る人たちに迷惑はかけないか？

幸いコースに一般客は少なく、一緒に回るメンバーも気心の知れたスタッフたちなので、ここは彼らにお許し願い、迷惑をかけまくってできるところまでチャレンジしようと覚悟を決めました。

1番ホールのティーグラウンドは打ち下ろしの四〇〇ヤード。眼下には初夏の青空に白い噴煙を立ち昇らせる御岳山が雄大にそびえています。コースの両側は芽吹いたばかりの白樺林がまるでギャラリーのように私たちを祝福しています。

「あの山の頂に向かって打て」

大事を取って7番アイアンで臨んだ第一打は低い弾道ながら何とか前へ。まずはホッとしました。気が張っているせいかフェアウェイなら問題なく歩けそうです。カートにも乗りながら1番ホールをダブルボギーで無事にホールアウト。何せ病み上がりの体、力まかせに振り回すことはできず刻まざるを得なかったのがケガの功名でした（笑）。

2番ホール、3番ホールと進むうちにラフや崖下へ打ち込むこともあります。急な上り坂にも遭遇します。本番の現場プレーはさすがに病み上がりの体にはこたえます。そろそろ足にも限界が。

気心の知れたスタッフ同士なので、そこは何でもありの超法規ルールを適用。最後は「ティーショット↓カート乗車↓グリーンで下車・パッティング↓カップイン」といった具合に、わがまま三昧で何とか無事にホールアウトしました。心配していた突然の尿意も、普通に無事クリアし皆さんに迷惑をかけることはありませんでした。

「やったー！　ゴルフができた‼」

念願の復帰初ラウンド達成。

この喜びは何とも表しようがありません。

ハーフラウンドとはいえ、夢にまで見た本コースを回れたことは本当にうれしい出来事でした。少し前には起き上がることさえできない、杖に頼っても歩けなかった自分が、今、こうやってゴルフをしている。その事実に大感激でした。

スコアは覚えていません。

しかし入院中に見舞いに来てくれた広告代理店の水谷さんのひと言は忘れたことがありません。

「あ～、伊藤君はもうゴルフはできないなぁ……」

この言葉がバネとなって、リハビリを支えてくれました。

いつか、彼を見返そうと思ってこれまで頑張れた部分もあります。大感謝です。かつては何度も一緒にラウンドした水谷さんにはこのことをすぐに報告し、彼は受話器の向こうで驚きの声で喜んでくれました。一度一緒にコースを回ろうということになっています。

初カラオケは社会復帰の卒業証書

平成30年（二〇一八年）

私の体調が回復していくのと相まって、懇親会の機会も増え社内も活気づきました。取引先の人たちを交えて、ある時カラオケに繰り出しました。入院中、症状の激しい時には言語や嚥下のリハビリ（ＳＴ）まで受けていた私は、発症以来、声を出して歌ったことはありませんでした。喉に違和感はないか？　以前のように声を張って歌えるか？　音程を外さないか？　カラオケで普通に歌うことは、立派に社会復帰した証を、いわば卒業証書を受け取るような思いでした。

最初の選曲は、無難にサザンオールスターズだったと思います。発声や声量に満足はできなかったものの、事前の心配をよそに一曲歌い切ることができました。

私の十八番《おはこ》は一九八〇～九〇年代の日本のシティポップ。洋楽ではローリング・ストーンズや七〇年代ロックの有名曲もレパートリーです。

この日は曲目を重ねるにつれ声量や声の張りも元に戻り、気がつけば誰よりも多くの楽曲を歌っていました。脳と心がリフレッシュした楽しいひと時でした。

社会生活を取り戻す意味でカラオケは立派なリハビリのツールだと思いますが、それだけでなく脳から幸せホルモン物質が分泌され、心身にも良い影響を及ぼしているような気もします。

第三部

第7章　「ボールが止まって見える」時　～何度も開眼、何度も後退～

開眼！　ひと皮むけた時

令和元年～3年（二〇一九～二一年）

戦後日本のプロ野球史で打撃の神様と称された元巨人軍・川上哲治氏の言葉に有名な一節があります。

「ボールが止まって見えた！」

バッティングのタイミングを会得した際、ピッチャーの投げる球がホームベース上で一瞬止まって見えたというのです。奥義を極めた時、打撃開眼の瞬間だったのかもしれません。

球史に残る偉人とは次元の違う話ですが、リハビリでも歩行に関してはこれまで、

「ひと皮むけた、開眼した！」と感じた瞬間が何度もありました。前の章でも触れましたが、「あ、これだ。前にはこんな感じで歩いていたなあ」と思うのです。体が覚えている感覚が甦《よみがえ》った感じです。

その時には、いつも頭で考えている「脚の振り出し、体重移動、足の着地、体幹に重心、お尻の筋肉に加圧……」といった様々なマニュアルがすっかりどこかへ消えてしまっているのです。

最初に感じたのは三年ほど前。それは夢のような一瞬のことで、その感覚はすぐにどこかへ行ってしまいました。それから何か月も経って、また同じような体験をします。そしてまた、その感覚はすぐに消えてしまいます。

脊髄後遺症の歩行障害は、一定のレベルまで改善すると、その先はなかなか思うように進まないもどかしさがあります。そんな時に体に降りてきたこの感覚は、「まだまだ先を目指せるぞ」という希望の光が遠くに見えたような気がしました。

その後も、何度も開眼しては後退し、一皮むけては後戻りの連続です。一体、どれだけ開眼したでしょうか。何枚も皮がむけて固いタコになっているのでは？（笑）

でも、年単位の長い目で見るといつも去年よりは少し良くなっています。例えば、

「去年できなかった体重移動ができる時がある」「股関節と膝とかかとが一本のラインになって重心がかけられた」といったように感じたりします。

かなりマニアックな話で、歩行障害を経験した人にしかなかなか理解できない説明だと思いますが、確かにゆっくり、少しずつでも右肩上がりに良くなっているのだと思います。

やはり、「継続は力なり」です。

この先何度も開眼し、何度も後退して〝ほふく前進〟を繰り返していくのでしょう。

コロナ禍、世の中一変

COVID–19。

中国の奥地に端を発した見えないモンスターはあっという間にグローバルに拡がり、世界中を不安と恐怖に巻き込みました。

緊急事態宣言下の休業や自粛に在宅勤務、社会や私たちの生活は一変しました。

「手洗い徹底にマスクはマスト、密状態を避ける」

私も感染防止には人一倍気を遣いました。万が一、新型コロナ感染が引き金となって神経難病が再燃することを危惧したからです。

緊急事態宣言中はジムでのリハビリや通院は一時中止せざるを得ませんでした。

ワクチン副反応は太腿に強い張り

新型コロナのワクチン接種も、受けるべきか否か、悩みました。ワクチンの免疫反応で、免疫細胞が自分の細胞を攻撃するサイトカインストームを心配したからです。別のウイルスによるインフルエンザも頻度は低いが脳炎、脊髄炎、視神経炎などの副反応の報告があると主治医からアドバイスを受け、ワクチン接種をやめていました。ましてや新型コロナは、日本でもわずかですが、副反応で重症化した症例も報告されているようです。主治医の川上先生も最初は接種には慎重な考えでした。

しかし当時、東京オリンピックの強行開催に合わせて第四波の感染は想像を超える勢いで拡大します。神経難病学会の見解をネットで調べたり、行政の判断を問い合わせたりしましたが接種の決断をするほどの明快な答えには至りません。最終的には、接種の副反応によるリスクと、打たずにもしコロナに感染した時のリスクとの比較衡量になります。接種するかどうかの判断は自己責任です。

そこで、以前川上先生からセカンドオピニオンにと紹介された神経難病の権威の先生を訪ねました。先生のアドバイスは、「学会の見解でも、免疫に関係する神経の病気の患者さんにも新型コロナワクチンの接種を推奨している。伊藤さんの場合も、打つ、打たないのリスクを比較しても接種したほうが良いだろう」との話でした。

このため半年遅れの初回ワクチン接種となりました。幸い発熱はなかったものの、副反応は懸案の太腿に強い張りが一時的に現れました。入院時に感じていた、太腿に鉄板が入っているような激しいこわばり感を久しぶりに感じ、歩きづらい状態でした。しかし、強い突っ張り感は数日でいつもの張りに戻り、ホッと胸をなでおろしました。その後もワクチンを打つ度に太腿の張りは強く現れましたが、慣れてくるにつれ、これも毎度の副反応と割り切り、通常のリハビリ生活を続けています。

ちなみにコロナ禍のため東京でのトレーニングジム通いは、しばらくの間休会が続いています。

お手本・教科書は以前の自分自身

令和4年（二〇二二年）

「一皮むけた」「開眼した」という感覚は他人には分かりません。自分だけが脳と体で掴んだ手ごたえです。その根拠となるのが歩行の時の感じ方です。ですから、お手本と教科書は、ある意味で以前の自分自身でもある、と思います。歩行障害と向き合い、いろいろな工夫をして歩き方を試してみる微妙な感覚は自分にしかわからないと思うからです。どのやり方が良かったのか、どの試みが悪かったのか、という細かな手ごたえは、おそらくリハビリの先生にも理解しがたいところがあるのではと思います。言葉で説明しても微妙なニュアンスは伝えきれません。

というわけで、徐々に以前の歩行の感覚を思い出していく手ごたえは自分だけの宝物なのです。

とは言っても、リハビリの療法士やトレーナーさんの助けなしには歩行障害は改善しません。自分の感覚を大切にしつつ、リハビリの先生やトレーナーさんたちに、客観的に歩き方の指摘を受け、筋肉の張りや股関節の硬さをほぐしてもらいながら日々の訓練を続けていくのが大切なのでしょう。

ピッチングは足で投げる、歩行はケツで歩く

テレビやラジオのプロ野球解説で往年の名投手がしばしば口にします。

「ピッチングは手で投げるんやない。足で投げるんや！」

わかる気がします。上体に頼らず下半身主導で、体全体を使って投げることの大切さをこうした言葉で伝えています。

歩くことについて、少し下世話な表現をすれば私はこう思います。

「歩行は足で歩くんやない。ケツで歩くんや！」

前に振り出した足が着地した後、お尻の大臀筋の主導で重心をしっかり乗せる。お尻、膝、かかとの一本のライン上を力を逃がさず地面に伝える。そしてかかとから前足底へと体重移動することが、スムーズで自然な歩きをするために一番必要だと思うのです。お尻の筋肉を使って一瞬の間を取れることで、次の一歩をバランスよく踏み出せるのです。一瞬の間ってバッティングのコツと一緒ですね（笑）。

リハビリ通院で、「今日は調子が良い」と感じる時は、理学療法士さんからも表現は違えど同じことを指摘されます。

第8章　みんなの支え・家族の思い
～座談会・妻と弟は何を考えていたのか～

十二年余り前、生死の境をさまよった重篤な病状から生還し、後遺症もここまで改善したのは、家族や周りの人たちの支えがあってこそです。

この章では、妻や兄弟たちは何を感じ、どんな思いをしていたのか、家族の視点から病気やリハビリとの向き合いを対談形式で振り返ってみます。

（出席者　妻・明美＝アミ／弟・龍二／本人・私／サプライズゲスト）

急性期～

私　本日はわざわざ来てもらってありがとう。僕の知らない話をいろいろ聞かせてく

だ さい。

弟　早速だけど、生死の狭間に立ち会ってどう思った？

「病気で死ぬかもしれない」なんてドラマか映画の世界のことと思っていたけど、いざ自分の身近な人に迫ってくると「本当にこんなことあるんだなあ」って信じられないような気持ちだった。

私　龍二は横浜から何日も見舞いに来てくれたんだよね。

弟　二度目に来た時はもう危ない状態で、四日くらい名古屋で泊まったんだ。ホテルの枕元に置いたケータイをしょっちゅうチェックして、いつ鳴るかと気が気じゃなかった。

私　消灯時間までいてくれたんだ。

弟　病院の夜って独特の雰囲気なんだよね。廊下やロビーも人気《ひとけ》がなく明かりも暗くなってて、なんだか気が滅入りそうで余計に気分も落ちこんだよ。

妻　私は夜、帰りがけに病院の暗いロビーまで来たら、赤い衣装でピエロの格好をした一団にバッタリ会ったの。クリスマスで入院患者さんの慰労に来たボランティアの人たちだった。

ピエロたちはその場で、何も言わずに道化師のおどけた仕草をしてくれた。私は笑顔で会釈しそのまま通り過ぎた次の瞬間、不意に涙がどっと溢れてきた。堰を切ったように、涙が止まらなかった。

弟　必死に頑張ってこらえてきた気持ちが、一気に噴き出したんだね。

妻　普段、心がしっかりしている時には何とも思わないんだけど、気持ちが弱っている時には癒やす力があるんだね。

弟　そうだね。

意識が戻って二日後に、ＨＣＵ（高度治療室）から一般病室に移った時、これでなんとか持ち直した、助かったと思った。

妻　あなたが発症してからは私、ほとんど何も食べられなかった。病室で付き添っていても何ものどを通らなかった。

弟　それで僕が、「今、アミちゃんまで倒れたら終わりだから、せめて野菜ジュースだけでも毎日飲んで！」と言ったんだよね。

妻　だから一生懸命のどに流し込んでました。心配してくれてありがとう。

回復期～

私　でも看護師長さんには救われたね。

妻　だって、先生たちは悲観的なことばかり言うんだもん。初めは「一生寝たきり」って。車いすに乗れるようになったら「一生車いす」。そして次は「一生杖は放せません」。それでも必死でプラス思考に徹するように何度も何度も頑張って、やっとの思いで這い上がってきて、気持ちが少し落ち着き出したところで、また、「絶対再発します」って。「再発したら失明します」って。もう二度と這い上がれないような奈落の底に突き落とされた。

弟　そりゃ、医師は最悪の可能性も伝えなきゃいけないからね。

妻　でも家族としてはつらかった。転院前になってもうまく自尿が出なくて、私たちずいぶん悩んでいたの。あの時も先生には「自尿が出なければ自分で導尿する練習をしないといけない」と言われた。

私　そんな時の天使の声だった。
妻　そうなの。
師長さんは「私が見てきた患者さんで、自尿が出なかった人は一人もいません」って言ってくれた。
終始、悲観的な言葉ばかり聞かされてきた私に、光のある言葉を言ってくれたのは師長さんだけだった。ホントにうれしかった。
「師長さんに一生ついていきたい」と思うぐらい救われたの。
皆　（笑）

リハビリ期〜

私　転院後のリハビリの話をしよう。
アミちゃんはスパルタだったね、どの先生よりも。
妻　だって不安だったもの。ホントに。
看護師さんたちから「退院したらどこの施設に入るの？」と、よく聞かれたの。

私　みんな、当然施設に入るものと思ってたみたい。

妻　それで、真夏の炎天下で、あのスパルタ歩行作戦を決行した（笑）。あの時も気が気じゃなかった。病院の玄関からコンビニまでの八十メートルが何キロにも思えた。保冷剤やアイスノンをいっぱい着けてちゃんとたどり着けるだろうか？　と。万一のギブアップに備えて、小さい折りたたみ椅子も持って歩いたもの。「退院して家に戻っても、ちゃんと日常生活を送れるんだろうか？　介護がしっかりできるんだろうか？　会社へは本当に行けるんだろうか？　もしダメだったら収入がなくなり、どうやって生活していくんだろうか？」って。そんな不安が押し寄せて来る時があった。

弟　心配性になっちゃったね（笑）。

私　会社に復帰した時もそうだったね。

妻　たまたま二人とも勤務先が近く、通勤も同じバスの時が多かったの。それで終点に着くと先に降りたあなたが地下街へ階段を降り切るまで、後ろ姿をずっと見守っていたわ。だって、杖を片手によろよろしながら危なっかしくって、ハラハラ冷や冷やしながら見てた。

私　へえ〜、そうだったの。それも知らなかった。

妻　「（自分が）遅刻しちゃう！　会社が！」と思いながら角を曲がるまで見てた。

皆　（笑）。

私　家の階段に手すりを付けた時もスパルタだったね。

妻　あの時、ケアマネージャーさんは、階段のほかにもトイレと玄関に手すりを付けなさいと言ってくれたんだけど、あえて取り付けなかった。

私　僕は付けたかったけどね（笑）。

妻　だって社会に戻ったら普通は手すりなんてどこにでも付いてるわけじゃないでしょ。そんな癖をつけちゃ社会復帰が遠のくから。

弟　確かに。

妻　退院して初めて出社する日の朝、久しぶりにスーツを着たの、十か月ぶりに。その姿を見て「よくここまで回復した！」って感動で胸がいっぱいだった。そして龍ちゃんや奥さんの祐ちゃんに「本当にありがとう」って感謝の気持ちがこみ上げてきて、この姿を見て欲しいと思ったわ。

弟　そうなんだ。見たかったね、晴れ姿（笑）。

入院時の混乱期～周りの人々

私　入院した時、アミちゃんは最初に龍二に電話したんだよね？

妻　そうよ。高齢の両親にあまり心配かけたくなかったし、義父さんと龍ちゃんが一度、一緒に来てくれたけど抗生物質の効かない菌が見つかって、すぐにお年寄りは面会禁止になったの。

私　本当に龍二には世話になったね。

妻　私は、入院からしばらくの間、つらくてつらくて人に何も話せなかった。あなたの中学時代の友達や先生から家に電話があったけど、現状を言葉で表現できなかったの。ろくに話せずに切ってしまって申し訳ないことをしたと思う。でも人間って本当につらい時はそうなんだと思う。

弟　そういえば僕も兄貴の友達の森田さんや深津さんと電話で話をしたよ。福井先生とも。電話番号をアミちゃんが教えてくれたんだよね。

妻　たぶん、あんまり申し訳なかったから私が龍ちゃんにそのことを話したのかもね。
私　へえ、そんなことがあったの！　全然知らなかった。
弟　どこで聞きつけたのか、先生が皆に連絡していたみたい。
私　僕の知らないところで皆が動いてくれていたんだね。つくづく感謝です。

振り返り～

妻　そういえば、あなたは足が動かないってわかった時、悲観して自暴自棄になるんじゃないかって周りの皆がとても心配したけど、違ったわ。
弟　そうだね。悲観的な言葉は聞かなかった。
妻　私と二人だけの時もマイナスな言葉は全然言わなかった。
私　たぶん、頭や背中の痛みから解放されたいという思いと、とにかくリハビリやって歩けるようになることしか頭になかったからね。余計なこと（？）を考えている暇はなかったかも（笑）。
弟　そういうことにしておこう（笑）。

私　ただねえ、急性期の頃は医師の話を僕はすべて聞かされていたわけではないから。悪い見立ては伝えずにアミちゃんが一人で胸にしまって飲み込んでいたこともあったからね。

妻　そのたびに聞かされていたらやっぱり悲観して泣き言を言っていたかも。つらい話を一人で背負ってくれたのはアミちゃんの一番の大仕事だったね。（ドヤ顔！）

転院先の主治医の川上先生には本当に感謝してる。患者に寄りそって、よく話を聞いてくれて。ありがたかった。

そうそう。退院の時に先生がすごく言ってた、「脳に後遺症が残らなくて本当によかったですね」って。

一時は、時計の針は読めないし、言葉を発しても何言ってんだか全く訳わからなかったから（笑）。

弟　ホントだね。つくづく運が良かった。

妻　私たちは歩くことばかりに目が行ってたけどね。

弟　それと入院がコロナ禍の時じゃなくてよかったね。

私　ホント、そうだ。
妻　コロナの時だったら見舞いにも行けなかった。病室でひとりぼっち。電話で喋ったって、訳のわかんないことばかり言って話になんなかったでしょう。
皆　(笑)。
私　運が良かったと言えば、入院中の検査でたまたま軽い脳梗塞の症状が見つかったことがあったたね。
妻　そうそう、頸動脈にプラークがあることがわかって、薬を処方されてそれで事なきを得たわ。あのまま知らずにいたらもっと大変なことになっていたかも。悪いことの中に良いことも潜んでいる。
私　そういう意味では、この病気になったことで救われたんだね。むしろありがたかったんだ。
妻　ホント、そうよ。
私　この前、病院で受けた検査ではプラークも小さくなっていた。川上先生は「運動を続けているせいじゃないか」って。
弟　よかったね。

で、兄貴はトレーニングジムとリハビリ、まだ行ってんの？

私　もちろん。時には会社近くのジムでエアロビクスにも挑戦してる。普段しない動きをするから後で股関節がよく動くよ。

弟　まあせいぜい頑張って。

私　会社帰りに通っていたジムではトレーナーの栢之間《かやのま》さんが、まだ体がよく動かなかった僕に親身になって寄りそってくれたんだ。また、指導は厳しいけど屈託のない丸井トレーナーにもずいぶん癒やされたね。この二人には本当に感謝の思いだよ。

それと十年以上通ってる病院外来のリハビリにも、僕の体の状態を知り尽くしているような理学療法士さんがいて、いろいろ話をしてくれる。療法士の皆さんにも感謝。

弟　へえ、そうなんだ。

私　龍二たちにも助けられたね。ありがとう。つくづく大感謝。

妻　病院への見舞出張で何日も家を空けた間、陰で支えてくれた奥さんの祐ちゃんにも、とっても負担をかけました。ありがとうと伝えてください。

私　甥っ子の潤也君にもね。

甥　（ここでフレームイン！）

はい、潤也です。横でずっと聞いていました。

お父さん、よく名古屋へ行くなあと思っていたけど、まさか伯父さんがこんな大変なことになっていたとはびっくり。初めて知りました。

でもこんなに回復してよかったたね。

以上、サプライズ参加の甥っ子・潤也でした。

第９章　大切なこと

自分と向き合う

「十万人に一人という珍しい病気にどうして自分が？　なぜこんな目に遭わなければいけないのか？」

よく聞かれる言葉ですが、不思議と私の場合そのように思うことはありませんでした。

妻や弟は、「車いすになったことで私が自暴自棄になり、悲観してしまうのではないか⁉」と一番心配していたそうです。でも「泣き言は一切言わず、否定的な言葉は一言も口にしなかった」と後日、退院後に褒めてくれました。

当時、私にはそんな意識はちっともありませんでした。

ただ、自分の身に起こった不幸を、誰を恨むでもなく、仕事や会社のせいにするつもりもなく、ただ現実をそのまま受け入れていました。自身の境遇を悲嘆するよりも、「なんとか良くなろう。歩けるようになりたい」という気持ちが心の大部分を占めていました。

運命論者ではないのですが、「病気になったのも自分の天命。もしこの病気にならなかったとしても、何か別の形で災難を受けることになっていたのだろう」というような気がしていました。

仏教で〝因果応報〟と言いますが、「もし、これまでの私の人生で良くない言動や想いがこの事態を招いたのだとしたら、それは一体何だったのだろうか」、などと考えたこともあり、暇に飽かせて過去の自分と向き合ってもみました。何しろ一日中ベッドで動けませんでしたので。

すると、「あの時あんなことをして人に迷惑をかけたなあ」とか「あの人にこんなことを言って傷つけてしまったなあ」などと、次から次へと昔のことが思い出されてきました。気がついたら涙が溢れ、心の中で思わず「ごめんなさい」とつぶやきまし同時に、過去の苦しかったことやつらかった想いから自分をゆるし、囚《とら》われている自分を解放してあげようとも思いました。また涙がこみ上げてきました。確かに入院中でも特に初めのうち、急性期の頃は感受性が敏感になっていたせいか、よく泣いたと思います。

いずれにしても、こうした記憶は普段はすっかり忘れてしまっていたことだったので、素直な気持ちで自分を見つめ直す良い機会をもらったのだとは思います。

後輩の一人から送られた見舞いの手紙にこんなことが書かれていました。

「いつも忙しかった伊藤さん、今回の病気は神様がくれたロングバケーションなのですね」

とても的を射たこの言葉にずいぶん癒やされたと思います。

リハビリと向き合う

リハビリは嫌々やっても長続きしません。楽しく取り組めれば自然と前向きになり、効果もより期待できると思います。

に持っていました。

私の場合は、歩けるようになりたい一心でひたすら、がむしゃらな意欲だけは旺盛に持っていました。

幸い、もともとスポーツが好きで中、高、大学と体育系の部活をいろいろと経験していたので、リハビリで体を動かすことに対する抵抗感はありませんでした。その競技がもっと上手くなりたい、もっと高い技術をマスターしたい、もっと強くなりたい、という気持ちはリハビリでも同じです。

歩行中にこの動きができるように、と思いながら自分でも試行錯誤します。「歩く時の重心移動を工夫してみよう」「振り出した足の着き方を変えてみよう」「かかとから着地してみよう、駆け足の時は前足底から」「お尻の臀筋で地面に力を伝えてみよう」「脹脛《ふくらはぎ》と腿《もも》裏の筋肉を意識して着地のタイミングを粘ってみよう」などなど、様々なことを考えながら自分なりに練習していました。歩く時は頭の中は空っぽ、というよりそれのみに没頭し、「無」の状態になっていたと思います。上手くできた時はその日一日中うれしいし、できない時はしばらく悔しい気持ちを引きずります。

この歩き方の工夫と試行錯誤は、社会復帰してからはもっと頻繁になりました。引き出しも増えました。もっとも、最初の頃は歩くことに集中しないと街中では流れについて行けないという事情もありましたが（笑）。

病院でのリハビリはそれぞれの患者さんの状態に合わせて行われ、耐えがたいほどの苦痛を常に伴うわけではありません。病院では、訓練を嫌がる患者さんもたくさん見ましたが、強い意欲と前向きな気持ちを持つことが一番大切なのだと思います。私は今も同じ気持ちで、日常生活もリハビリ中も「歩くこと」に向き合っています。

ウィズコロナから共生の時代へ～生涯リハビリはライフワークに～

退院後、今年で十二年が過ぎようとしています。この間に世の中は大きく変わりました。新型コロナという未曽有のウイルスの出現で、私たちの暮らしも価値観も、社会の在り方も変革を余儀なくされました。少子化、超高齢化は小手先の政策では及ばない崖っぷちまできています。

国際社会に目を転じれば、力づくで民主主義を凌駕しようとする国が増え、核の危機がまたぞろ取り沙汰されています。この世界はあらゆる分野で転機を迎えているのかもしれません。

コロナ禍を迎えても私のリハビリ人生はまだ続きます。

幸いなことに懸念された神経難病の再発もありません。「ポジティブな考えや日常的に運動していることがプラスに働いている」と主治医の先生も話していました。本当にありがたいことです。

よく、「闘病」と言いますが、脊髄障害との向き合いは長期に及び、病気や後遺症とは共存して生きていかざるを得ないのです。

私が闘病・共病体験を通して学んだこと、そして伝えたいメッセージ。

それはどんなつらい過酷な状況でも必ず良くなると強く信じてみることです。何度も何度も否定的な考えが頭に浮かんでくると思いますが、その度に根気よく何度でも何度でも必ず良くなると強く思う練習を重ねてみてはどうでしょうか。私たちもそのように否定的な思いに立ち向かってきました。とりわけ妻はそうでした。悪いことを一〇〇回思ったら一〇一回良いことを思う。これは自分との勝負です。

否定的な気持ちで悶々と日々を過ごしているよりはずいぶん気分が癒やされるはずです。

想う力というのは私たちが考えるより強く、意外に良い結果を引き出す何かがあるのかもしれません。

この十二年間、後遺症と共存しながら幾度も開眼と後退を繰り返すうちに、歩行のお手本は以前の自分だという思いに到達しました。最終目標は、何も考えず無意識で以前のような歩行ができることです。

現在六十七歳。さらなる高みを目指してリハビリや筋トレを続けていきます。齢《よわい》を重ね後期高齢者になり、体力が下降線をたどる歳になってもなお、今より上を目指している気がします。いえ、生命《いのち》の尽きるその瞬間にも、「おい、また開眼したよ！」と上手い歩き方を貪欲に追求しているかもしれません（笑）。

あとがき

脊髄の病気の症状や障害は人それぞれです。それを抱えて生きる苦痛は他人には分かりづらいものです。

私は生きるか死ぬかの重い症状を発症しながらも、幸いにも奇跡的に回復し、後遺症もかなりのレベルまで克服してまいりました。

本書を執筆中に入院時の闘病生活を思い出し、あたり前の日常生活を過ごせることがいかに素晴らしく、ありがたいことであるか、改めて実感させられました。

障害の状態は千差万別で、私のケースが多くの方に当てはまるとは限りませんが、僅かな体験が同じ悩みを抱える多くの患者さん方に少しでもお役に立てればと思い、定年退職を機に筆を執った次第です。

長文をお読み頂きありがとうございました。

また、私の闘病とリハビリを支えてくださった病院の医師、看護師、療法士、スタッフの皆さん、そしてジムのトレーナーや友人たち、また入院中の私を励まし出社後も助けてくれた先輩後輩と関係者の方々、親戚縁者はじめすべての人たちに深く感謝を捧げます。とりわけ、急性期に遠方から駆けつけ奔走してくれた弟と、つらい話を一身に背負い病身の私を支えてくれた妻には特別の感謝を記したいと思います。本当にありがとうございました。

脊髄障害を抱えるすべての方々が無限の癒やしで輝きますように。

二〇二三年六月

伊藤浩之

著者プロフィール

伊藤 浩之（いとう ひろゆき）

1956年愛知県生まれ。名古屋大学法学部卒業、1978年民放テレビ局に入社。報道・制作・営業などに携わった後、報道スポーツ局長代理在職中に神経難病「急性散在性脳脊髄炎」を患い生死をさまよう。歩行不能となったが10か月の休職を経て職場に復帰、健康保険組合で常務理事を務めるかたわらリハビリに励む。定年・再雇用を経た後、非常勤で健保広報紙の編集やラジオニュースのデスク業務を務める。名古屋市在住。

歩けるって奇跡なんだな！
脊髄難病で車いすから復活した元テレビマン12年間の記録

2023年8月15日　初版第1刷発行

著　者　伊藤 浩之
発行者　瓜谷 綱延
発行所　株式会社文芸社
〒160-0022 東京都新宿区新宿1－10－1
電話 03-5369-3060（代表）
03-5369-2299（販売）

印刷所　図書印刷株式会社

ISBN978-4-286-24322-1